Bisher von Don Both erschienen:

Immer wieder samstags

Immer wieder samstags – reloaded

The Tower – Mad Love

The Tower – Bad Love

DON
BOTH

Immer wieder Special

A.P.P.

Immer wieder … Special
Autor: DonBoth
Immer wieder ... Reihe

Kontakt:
https://www.facebook.com/pages/DonBoth/248891035138778
bethy86@hotmail.de

Cover: Babette H.
Lektorat: Belle Molina, Sophie Candice
Korrektorat: Emma Maxen, Carolin Jache
Weitere Mitwirkende: Babette H.
Erschienen beim:
A.P.P. Verlag
Peter Neuhäußer
Gemeindegässle 05
89150 Laichingen
Tel.: 07333-9545750
email: info-a.p.p.verlag@gmx.de

ISBN-mobi: 978-3-945164-61-7
ISBN-ebook: 978-3945164-62-4
ISBN-Print: 978-3-945164-63-1

Diesmal ein Vorwort:

Ihr lieben Liebenden.

Während Anke, Babels, meine Lektorin Belle Molina und ich so damit beschäftigt waren, an *Immer wieder Verführung* zu arbeiten, kam mir die Idee, wie ich euch die Wartezeit trotz Towerhotties: *Mad Maddox* (*Mad Love*) und *Dean Monroe* (*Bad Love*) verkürzen könnte. Dieses Mal hab ich es nicht angekündigt, sondern fing heimlich damit an, mir die Facebook-Kapitel, die Babels und ich im Namen von Tristan Wrangler und Mia Engel geschrieben haben, vorzunehmen, um ein ganz besonderes Special für euch zu kreieren (Das heißt die Facebook-Tristomaniacs kennen die rohen Kapitel schon aber jetzt sind sie ausgebaut und umgeschrieben!)

Sicherlich blieben nach *Immer wieder samstags* und *Immer wieder samstags – reloaded* ein paar dringende und nicht so dringende Fragen zurück. Diese werden hier beantwortet. Außerdem gibt es einfach ein paar Spaßkapitel aus Mias und Tristans Alltag. Wie übersteht Tristan Wrangler einen Beautytag, wie schlägt er sich, wenn er sich das erste Mal durch den Tampon- und Bindendschungel eines Supermarktes kämpfen muss? Und wie kommt Tristan mit einer stockbesoffenen Mia klar?

Zu dem ganz normalen Wahnsinn gehören natürlich auch ihre prickelnden und auch berührenden Begegnungen zum Beispiel in Bibliotheken, auf Parkplätzen oder einfach nur im Heiligtum, bei denen Tristan wieder beweist, wieso er Mias einzig wahrer Ficker (und auch Held) ist.

Danach hat sich Tristan bereit erklärt ein exklusives Interview zu führen und eure ganz persönlichen Fragen zu beantworten, die ihr ihm bei FB stellen durftet.

Jetzt wünsche ich Euch erst mal viel Spaß. Wir gehen davon aus, dass dieses Interview nach der kompletten Reihe stattfindet! Tristan hat sich dazu herabgelassen, mir zusammen mit Mia Rede und Antwort zu stehen, beziehungsweise zu sitzen. Mir gegenüber auf der Couch, sexy wie die Hölle – äußerst auf der Hut und den Arm lässig um Mia-Baby gelegt. Natürlich nur nach langen, schweißtreibenden Verhandlungen und vielen Opfern meinerseits … aber was tue ich nicht alles für meine Leser ...

Also deckt euch mit genug Utensilien ein um diese Reise zu überstehen … und macht es euch auf eurer Couch, im Garten, Balkon, Badewanne oder vielleicht am Strand im Urlaub gemütlich.

Tristan ` weiss nicht, was er will ` Wrangler

Both: *Mia, was passierte zwischen dem Interview in der Aula und Tristans Liebesgeständnis in Renates Schultoilette?*

Wieso genau hast du Tristan im »Zuckerl« ignoriert? Also ich meine, abgesehen von der Tatsache, dass er dich am Ende von ›Immer wieder samstags‹ verließ ...

Mia: *Oh man, okay, das war so ...*

***

Ich ging nach der Schule gemütlich zu meinem Fahrrad, als mich plötzlich jemand am Arm packte. Natürlich ahnte ich schon, wer es war ...

Bevor ich etwas sagen, schreien, stöhnen oder betteln konnte, lag seine Hand auf meinem Mund, und er zerrte mich hinter die Turnhalle. Dort drückte er mich gegen die Wand. »Zuhören!«

»Ähmmm, ich muss aber ...«

»Klappe, Baby, hier spielt die Musik!« Er deutete auf seine Lippen.

Ich brachte kein Wort mehr hervor. »Also … was verdammt noch mal geht in diesem kleinen Schädel«, er tippte dagegen, »... vor, dass du mir gestern echt an den Kopf knallst, dass irgendein Ficker sich auf deine Pussy freuen darf?«

Woah!

»Also ... äh«

»Dieser Körper gehört nur mi...«

Oh nein! Düster starrte ich ihn an. »Tristan, darf ich dich noch einmal in aller Förmlichkeit daran erinnern, dass *du* Schluss gemacht hast? Und dass *gar nichts* mehr dir gehört, wenn es um mich geht?« Mit Daumen und Zeigefinger zwickte er sich in den Nasenrücken und murmelte irgendwelche Zahlen vor sich hin …

»Okay ... Noch einmal langsam!« So sprach er jetzt auch. »Du und ich.« Sein Daumen wies erst auf mich, dann auf sich selbst. »Mia und Tristan … klar so weit, ja?«

Mein Schnauben wertete der Idiot als ja. »Wir sind zwar nicht mehr zusammen, aber das heißt noch lange nicht, dass ich meine beschissenen Gefühle für dich verdammt noch mal auf Befehl abschalten kann!«

»Das kann ich doch auch nicht«, erwiderte ich etwas verhaltener, weil es schon wieder so unsagbar wehtat. Besonders, wenn er mir so nah war und mir sein Duft in die Nase stieg. »Du wolltest, dass ich weitermache, vielleicht sogar einen anderen ...«

»Sprich es nicht aus!« Seine grünbraunen, eindrucksvollen Augen funkelten drohend.

»Aber ...«

Er schweißte seinen langen, talentierten Zeigefinger auf meine Lippen. Doch als er wieder anhob, klang er um einiges sanfter, und prompt wurde meine Haut mit einer miesen, prickelnden, Höschen nässenden – ja, noch mehr! – Gänsehaut überzogen. »Sag es nicht.«

Mühsam schluckte ich, denn ich wusste nicht, was ich jetzt tun oder denken sollte. Letzteres fiel momentan sowieso immer schwerer.

Tatsache? Ich wollte es doch gar nicht sagen! Ich hatte ihn angefleht, es nicht zu tun! Ich hatte *gebettelt*, damit er bei mir blieb, in diesem Auto, an diesem einen lebensverändernden Samstag! Doch *er* hatte mich von sich gestoßen! Also probierte ich zur Zeit ziemlich verzweifelt, von ihm loszukommen. Und er? Er machte es mir so unvorstellbar schwer! Wohl wissend, wie ich auf seine Nähe reagierte! Ich meine, sonst sah ich ihn nicht, roch ihn nicht, und außerdem *berührte er mich nicht*!

Aber hier und jetzt war ich ihm so hilflos ausgeliefert wie immer, und ich wollte nur noch eines: *Dass alles wieder gut wird*! *Bitte*!

Wir schauten uns an, versanken für gefühlte Ewigkeiten in den Augen des anderen ... Die Wut brodelte noch in seinem Blick, gleichzeitig glühte er jedoch auch vor Wärme und Zuneigung. Tief atmete er durch ... schloss die Lider und lehnte die Stirn an meine. Irgendwie ist das so ein Ding zwischen uns … das nur uns beiden gehört.

Scheiße! Ja, ich fluchte! Soweit war es gekommen!

»Baby, es tut mir leid, ich kann einfach nicht anders. Ich habe es versucht, aber du bist immer da … und … fuck … du machst mich wahnsinnig! Ich kann dir nicht widerstehen … nicht, wenn du mich *so* ansiehst …« Weiche Lippen strichen über meinen Mundwinkel und ich hielt die Luft an. Gleichzeitig brach mein Herz noch mal. Und noch mal. Unentwegt.

Er würde doch jetzt nicht einfach ... Denn dann wäre ich vollkommen ver…

Als etwas hinter uns raschelte, zuckte er zusammen und sah angepisst über seine Schulter.

Zwei Meter von uns entfernt standen zwei Tussen inklusive Eva Eber und ein Kerl aus Tristans Klasse. Alle glotzten mit riesigen Tratschenthüllungsaugen zu uns hinüber. Oh nein!

»Kommst du, oder was?«, fragte Eva und begrüßte mich mit einem angewidertemn Ausdruck in ihrem zugekleisterten Gesicht.

Tristan musterte mich, so klein und verwirrt vor ihm – dann verhärtete sich sein Kiefer und sein Blick zog nach. Ein weiteres Mal brach mein Herz. Wobei ich mich wunderte, dass es nicht schon endgültig aufgegeben hatte. Bei den mich in Wellen überkommenden Schmerzen müsste es längst den Dienst quittiert haben. Stattdessen folterte mich jeder weitere Schlag und verlängerte meine Qualen um die nächsten Sekunden, Minuten, Stunden …

Allerdings wurde ich aus meinen Gedanken gerissen, als er mich plötzlich wieder gegen die Wand schubste und mir damit den Atem raubte. »Hör endlich auf mir hinterher zu laufen ...«, dann ganz leise, »Truthahn!«

Spiel.

Satz.

Autsch!

Ohne mich eines weiteren Blickes zu würdigen, drehte er sich um und marschierte lachend mit den anderen davon. Einen Arm legte er um die Schulter der dämlichen Kuh und ich ...

Na, ratet mal! Ich wünschte mir nichts sehnlicher, als zu sterben.

Das einzige, was blieb, war folgende Erkenntnis: Mein Herz weigerte sich einfach zu kapitulieren, obwohl vermutlich nur noch Fragmente von ihm übrig waren.

Verräter!

Trotzdem wollte ich Tristan folgen, aber nur um ihm verdient in seine Eier zu treten, damit er wenigstens ansatzweise erfuhr, wie ich mich gerade fühlte.

Was sollte das eigentlich? Wieso reagierte er so?

Warum wollte er mich im ersten Moment küssen und im folgenden war er wieder das totale Arschloch!

Wieso konnte sich Tristan Wrangler nie entscheiden?

***

Both: *Ja. Wirklich eine große Frage in diesen Büchern. Ich geb´ sie mal weiter. Wieso hast du Mia immer wieder von dir gestoßen, Tristan?*

Tristan: *Zur Klarstellung:*

Eigentlich geht mir dieser Scheiß mit ungefähr zweihunderteinundfünfzig Kilometern pro Stunde am Arsch vorbei.

Aber die Oberschlunze hat gesagt, ich soll auch mal was erzählen, also gehorche ich wie ein verdammter Wadenbeißer! Denn bei der weiß man nie. Nachher bekomme ich noch Typhus, Schweinegrippe, BSE oder mir fault spontan der Ficker ab. Der ist echt alles zuzutrauen, ihre Drohungen sind nämlich nicht von schlechten Eltern …

Both: *TRISTAN! Ja! Ich bin Sadismus pur! Alle haben es* *verstanden, Baby. Mach jetzt*!

Tristan (augenrollend): *Nerv nicht*!

***

Wieso ich das getan habe? Mit Eva davonschleichen und mein Mia-Baby stehen lassen wie ein asoziales Vollarschloch? Keine Ahnung, verfickte Scheiße noch mal! Ja, okay, im Grunde weiß ich es schon, denn als das Knäckebrot vor mir stand, im direkten Vergleich zu ihr – meinem Baby Nummer eins –, wurde es mir mal wieder klar: Ich gehörte nicht in Mias Welt, sondern zu den anderen Arschgeigen. Also ging ich zu denen. Ganz einfach, ich dachte, ich wäre nicht gut genug für sie und hätte ihr einen verschissenen Gefallen getan.

Trotzdem ändert es nichts daran, dass ich keinen blassen Schimmer habe, warum ich Mia küssen musste. Es war völlig unmöglich, es nicht zu tun. Oder weshalb ich überhaupt angefangen hatte, sie zu stalken. Obwohl sie mein Mia EX-Baby war.

Ich hab auch keinen Dunst, warum sie nicht einfach aus meinem verdammten Schädel verschwand! Jedes verfickte Mal, wenn ich die Augen schloss, sah ich ihr Gesicht vor mir, fühlte ihre zaghaften Berührungen, spürte ihren Körper, ganz und gar sie. Wie sie sich an mich schmiegte, sich fallen ließ und verdammt sei *dieses Stöhnen*!

Aber wieso, weshalb, warum? Wieso ist die Banane krumm! Keine verfickte Ahnung, warum! Also fragt mich doch was Leichteres!

Und dann wurde alles erst richtig schlimm, denn ich wette, ihr (Obererschafferin, Bella, Anke, Babels) hattet Mia ein paar völlig saublöde, *hirnrissige* Ratschläge geflüstert.

Also ...

Am nächsten Morgen bin ich, wie immer mit zehn Minuten Verspätung, in die Schule gekommen. (Musste noch mal zum Kacken und hockte dann zwanzig Minuten auf der Schüssel. Bin da nämlich eingeschlafen, weil es auf meinem Scheißhaus echt zu bequem ist, wenn ich meinen Kopf an den Schrank neben mir lehne. Außerdem war ich noch schweinemüde, weil ich die Nacht kaum gepennt hatte – so wie immer, seitdem sie weg war.)

Natürlich waren die Gänge schon leer, als ich zu meinem Klassenzimmer lief. Doch dann bog ich um die Ecke und wollte gerade die Treppen erklimmen, da hörte ich es schon: ihr Lachen.

Fuck! Mia-Baby im Anmarsch, aber eine Flucht war allein schon aus imagetechnischen Gründen absolut unmöglich. Also ging ich weiter, nur, um wie von einem gestreiften Stachelarsch gestochen mitten auf der Treppe stehen zu bleiben, als ich registrierte, mit wem sie, wie die Queen persönlich, da runterkam.

NA! DREIMAL DÜRFT IHR RATEN!

Und fuck … sie war so verdammt schön! Die braunblonden Haare offen, das Lächeln genauso, ihre Jeans und der dunkelbraune Pullover dem Spätsommer angepasst, aber dennoch eng. Wohl aus dem Augenwinkel nahm sie mich wahr. Doch nein, sie errötete nicht, stolperte nicht, rannte mir nicht in die Arme. NEIN! Sie schmiss ihr Haar über die Schulter zurück und schob trotzig das Kinn vor! Dann hakte sie sich bei Dem, Dessen Arsch Gleich Aufgerissen Wird, unter und grinste mich an.

»Oh, hallo, Tristan … wieder mal zu spät?«, fragte sie höflich und ich verengte die Augen.

»Oh, hey, Baby … wieder mal dabei, mich anzupissen?« Unauffällig stellte ich mich den beiden in den Weg.

»Ach! Das schaffst du ganz allein!« Sie versuchte mich an der Schulter wegzuschieben, aber ich hatte für ihre Bemühungen nur ein spöttisches Lächeln übrig. Martin Arschgesicht warf mir einen pseudobösen Blick zu, als meine Hand in ihre Richtung zuckte, um sie von ihm wegzuziehen. Doch ich beherrschte mich, erinnerte mich daran, wieso ich sie verlassen hatte …

Zu gut … sie ist zu gut für dich … Lass sie gehen! Hack dir die Finger ab! Wenn nötig schneid dir auch die Augen raus, aber lass sie jetzt GEHEN – Arschloch!

Meine Hände ballten sich zu Fäusten, meine Zähne pressten sich zusammen, als ich mich darauf vorbereitete, sie mit dem Hirnochsen ziehen zu lassen. Doch eine Sache musste erst noch geklärt werden!

»Entschuldige bitte!« Ich drängte Mia zur Seite und das so abrupt, dass der Saftsack nichts tun konnte. Kurz entschlossen, wie ich eben so bin, packte ich ihn am Kragen und beförderte ihn mit einem heftigen Ruck an die nächstbeste Wand.

»TRISTAN, SPINNST DU?« Sie zerrte an meinem Arm, aber ich schenkte dem leichten Ziepen keine Beachtung.

Mein gesamter Fokus war auf den Wichser gerichtet. Dem stiegen die Tränen in die Schweinsäuglein und er begann zu hecheln, als ich ihn ein wenig hochhob und ihm mit meinem Unterarm die Luft abschnürte. »Mann .... Alter ...«, japste er, aber ich drückte noch ein bisschen fester.

Mia erschien an meiner anderen Seite und zog jetzt von dort aus an meinem angespannten Bizeps rum. »Tristan du ...!«

»Baby, Klappe!« Und dann sagte ich es ihm. All das, was er verfickt nochmal bedenken musste, wenn er mit ihr zusammen sein wollte, während er langsam aber sicher blau anlief: *›Also, kleines Arschgesicht: ich habe keine Ahnung, wieso sie gerade mit dir in den verschissenen Sonnenuntergang reiten will! Aber ich sage dir eins:*

Wenn du ihr IRGENDWIE auch nur ansatzweise wehtust, dann hast du deinen Schwanz das letzte Mal gewichst, denn ich schwöre dir: Verletzt du sie mit deinen hässlichen Wurstfingern, sind sie ab! Dasselbe gilt für deine Zunge! Ein falsches Wort! Ab! Ein falscher Blick …‹

Noch einmal drückte ich fester zu und seine Augen quollen fast hervor. Mittlerweile hielt er meine Handgelenke umklammert und war komplett blau im Gesicht. Seine Beine zappelten lächerlich herum. Obwohl ich ihm am liebsten den letzten Rest bis zur Sendepause gegeben hätte, atmete ich tief durch, während von ihm ein röchelndes »LASS MICH JETZT …« kam. Tatsächlich ließ ich ihn runter, bevor er nur zu Ende sprechen konnte. Er fiel zu Boden und blieb keuchend liegen.

Einmal sah ich noch zu ihr – zu meiner süßen Versuchung. Natürlich war sie sofort zu ihm gestürzt, hockte neben ihm, fummelte besorgt an ihm herum und funkelte mich wütend an.

»Da hast du deinen Helden!« Lässig wandte ich mich um, schob eine Hand in meine Hosentasche und ging die Treppe weiter nach oben …

Danach war sie mir den ganzen Tag nicht mehr begegnet, vor allem, weil ich Sport schwänzte, damit ich ihr und dem Pisskopf nicht nach der Schule über den Weg lief.

Das war auch verdammt noch mal besser so. Denn scheißegal, was für eine Entscheidung ich getroffen hatte, ich wusste nicht, ob ich es schaffen würde, mich auf Dauer von ihr fernzuhalten.

Mia Engel war wie eine Sirene. Permanent rief sie mich zu sich, und wenn ich es nur wagte, sie anzuschauen, wurde ich völlig unzurechnungsfähig. Allein bei dem Gedanken, dass ich sie jetzt nur im Doppelpack mit diesem Wichser sehen würde, wollte ich Amok laufen.

Mein Mädchen und ein anderer? No fucking way!

Ich wusste einfach nicht, wie ich mich mit dem Gedanken auch nur ansatzweise anfreunden sollte, dass sie ein anderer ficken, oder küssen könnte! Nur würde Letzteres irgendwann in meiner Gegenwart passieren, und was dann? Wäre er tot, ganz klar.

So eine verfickte Scheiße …

Irgendwie musste ich mich zusammenreißen, denn sie bedeutete mir so viel, dass ich ihr gönnen sollte, wenn ein anderer sie glücklich machte. Und wer weiß, vielleicht war dieses Arschgesicht sogar der Richtige für sie … Ich auf jeden Fall war es nicht … Dachte ich zumindest.

***

Später ging ich zum Boxen … Es half nicht wirklich, auf den unschuldigen Sandsack einzudreschen. Denn es war immer noch da. Dieses Gefühl, total verschissen und das Einzige was mir jemals etwas bedeutete, einfach im Stich gelassen zu haben. Es fraß mich schier auf.

Stunden später fand ich mich in meinem Bett wieder, ohne wirklich zu wissen, wie ich da hinkam. Leicht angetrunken, frustriert und auch ein bisschen prall. Aber das war ja bekanntlich der Dauerzustand – also nicht der Rede wert. Außerdem hätte ich immer noch kotzen können. Immer und immer wieder … Und die blöde Wodkaflasche leerte sich auch viel zu langsam …. Ich musste schneller trinken – schneller vergessen –, klappte aber nicht, also versuchte ich zu schlafen ...

Als mein verkacktes Handy klingelte, wollte ich erst mal nicht rangehen. Stattdessen betrachtete ich angewidert das vibrierende, dröhnende Teil. Vielleicht, wenn ich es lange genug mit meinem Todesblick anstarrte, würde es in naher Zukunft seinen letzten Laut von sich geben … DIESER spezielle Wunschtraum erfüllte sich natürlich nicht. Warum auch?

Vermutlich war das nur wieder so eine nervtötende Schlunze, wie Eva, und daher so penetrant wie eine Mücke bei Nacht. Dass die mich auch nie in Ruhe lassen können …

Irgendwann schnappte ich mir doch das Teil und ging ran, aber es war knapp. Fast zersprang mein Kopf.

»Was?«

»HAAALLOOOOOO, hörsch du mich?«

»WER IST DA?« Angepisst sah ich auf die Nummernanzeige, aber da stand nur *Unbekannt*. Die sehr lallende, definitiv sehr weibliche Stimme meldete sich abermals brüllend zu Wort. Also doch eine Schlunze, meine Rede!

»ICH BIN VERLEEETZT!« Heulte die etwa?

»Schön! UND WER IST DA, VERDAMMTE SCHEISSE?«

»ICH KANN MEINEN SCHLÜSSEL NICH FINDN UND ICH MUSS DIA WAS SAGN, TRISAN! ICH WAR SO EIN BÖÖÖÖÖÖÖÖÖÖÖÖÖSES MÄDCHEN! Trisan, esch tutt mir so leit!« Fuck! Doch keine Schlunze!

»MIA?« Ruckartig, mit garantiert überdimensionalen Glupschern, setzte ich mich auf und war spontan wieder nüchtern. Und das glich einem Wunder! Nach meiner Dröhnung waren die Dinger vorher kaum noch funktionsfähig gewesen.

»WER SOLLL DICH SONSCHT ANRUFFFN UN UM HILFE SCHREIN?«

»Fuck … was?«

»Isch glaub, ich muss steeeeeerbbbn!«

»Bist du *betrunken*?« Mittlerweile stand ich neben meinem Bett und zitterte am ganzen Körper. Scheiß Schockwellen! Deswegen gestaltete es sich gar nicht so einfach, einhändig in meine Jeans zu steigen und diese auch noch hochzuzerren. Zweimal knallte ich mit dem Knie gegen die Bettkante – FUCK! –, einmal konnte ich gerade noch so verhindern, meine zugedröhnte Birne in den Schrank zu rammen. FUHUCK!

»Ähm, weisch nich …«

»Na super!«, fauchte ich, während ich den Reißverschluss hochzog oder es zumindest probierte. Das Scheißteil verweigerte seinen Dienst. Also noch mal mit Gewalt. Diesmal ging es! Ich musste mich aber im selben Moment stoppen, weil ich beinahe meinen heiligen Ficker eingeklemmt hätte. Albtraumhafte Bilder von *Verrückt nach Mary* überfielen mich förmlich und hinderten mich kurzfristig daran, auch nur zu atmen. Vor Schock tanzten Sterne vor meinen Augen und ich wagte langsam wieder, Luft zu holen. Ich verdammter Arsch! Diese Dämlichkeit hätte mich beinahe meinen heiligen Ficker gekostet.

Einen verwirrten Moment brauchte ich, um herauszufinden, was ich vor diesem Fast-Desaster getan hatte … Ach ja!

Ein Schluchzen, es könnte auch ein Lallen oder ein Singen gewesen sein, vielleicht auch eine Mischung aus beidem, brachte die Erinnerung auf einen Schlag zurück und verdrängte die grauenhaften Vorstellungen eines verkrüppelten Fickers.

Nur leider war mir nun kotzübel. Also noch mal: tief durchatmen, den Reißverschluss anvisieren und ganz vorsichtig den Zipper betätigen. Der natürlich immer noch klemmte, egal wie sehr ich auch daran zerrte und fluchte. Ich war kurz davor, unten rum nackt zu gehen, denn Mia brauchte mich. Deshalb ließ ich die Hose offen und griff mir noch im Vorbeigehen meine Lederjacke von der Stuhllehne.

»Wo bist du?«

»Drauschen …«

»WO?«

»NA HIER!« Ich musste bis zehn zählen – mindestens. Dann stürzte ich die Treppe hinunter, verhinderte aber dabei, dass mir die verschissene Jeans vom Arsch rutschte. »Wo ist hier?« Zählen hatte nichts gebracht.

»In ner Telefnozelle.« Wir näherten uns dem Ziel.

»Und wo wohnt die Telefnozelle? Dad, ich bin weg …«, rief ich in die dunklen Weiten des Hauses und war schon aus der Tür. Im nächsten Moment saß ich im Auto und startete den Motor.

»Isch war so ein bööööööööööööses Mädchen …«

»Scheiß jetzt drauf! Du bist verletzt, du bist in einer Telefonzelle und WO?«

»Warte ...« Etwas anderes blieb mir ja nicht. Inzwischen trommelte ich mit den Fingern aufs Lenkrad – überlegte nebenbei, dass ich dem Tod fast von der Schippe gesprungen war und gleichzeitig, wie ich die scheiß Hose zubekommen sollte – und hörte sie von weiter weg rufen. »HALLOOO SIE DA! Wo bin isch hiea?« Ich konnte gar nicht anders, als meine Augen zu verdrehen, aber da sprach sie schon weiter. »De nette junge Mannn hat gesagt, isch binn in deaa Ludwigschtraße ... Weischt du, wo das is?«

Diesmal schloss ich flüchtig die Lider, und meine Antwort kam leicht gepresst. »Du wohnst da.«

»Oh, schtimmt!« Ein Kichern ertönte und kurz darauf ein Klatschen. Mia-Baby hatte sich wohl mit der flachen Hand gegen die Stirn geschlagen. »... Trisan ... Weisch du ... Eierlikör schmeckt gar nich nach Eiern, das wollt ich dir die ganze Zeit schonn sagn ...«

Sicher ... »Aha, wie viele hattest du denn?«

»Och ... hm ... pffffff ... Weisch ich doch nich.« Mittlerweile bog ich um die Ecke und sah schon die Telefonzelle vor ihrem Haus.

»Trisan, warde mal, da is ein Auto!«

Ach ne!

Neben ihr parkte ich den Wagen und bemerkte, wie sie schockiert nach draußen schaute. »TRISAN, ICH GLAUB, ES HAT JEMAND DEINN AUDO GEKLAUT!«

»Ach?« Was sollte ich auch sonst darauf erwidern? Mia war so dicht, dass es mich einerseits wütend machte, aber andererseits fand ich es total süß, wie sie sich aufführte. Lediglich die schmale Enge der Telefonzelle verhinderte, dass sie umfiel.

Noch immer mit dem Handy am Ohr, stieg ich aus. »TRISAN! Ruf die POLIZEI! DER HAT AUCH DEINE JACKE! UNNND deine HOSE! SAG MAL, HAST DU N ZWILLINGSBRUDA?«

Ich legte auf, vernahm noch, wie sie in den Hörer schrie, »HALLOO!!! TRISAAAN! VERLASS MICH NICHT!«, und zog die Tür auf. Sie hingegen glupschte mich nur an, als ob ich unmöglich echt sein konnte. Ihre Verwirrung lichtete sich allerdings umgehend und sie erkannte mich.

»MEIN RETTER!« Schluchzend fiel sie um meinen Hals und das war es: Fuck! Einige Sekunden schloss ich die Augen und schnupperte an ihrem Haar. Viel zu lange lag es zurück, dass sie mir so nahe gewesen war. Wie von selbst umarmte ich sie fester und musste ein winzig kleines, unmännliches Seufzen unterdrücken. Mein Mädchen in den Armen zu halten war wie heimzukommen. Aber noch nicht ganz. Im übertragenen Sinne stand ich erst im Treppenhaus, die Wohnung hätte ich erst betreten, wenn ich in ihr wäre. *Oh ja … mit ihr zu schlafen … hier und jetzt … das wär's …*

Doch ich erinnerte mich an die Pläne! Fick sie nicht!

RESPEKTIERE SIE! SEI KEIN NEANDERTHALER! SEI EIN GENTLEMAN! SEI EIN MANN! BLA, BLA!

Mit aller Kraft, die ich nie in mir nie vermutet hätte, nahm ich sie an der Taille und löste sie von mir, stellte sie ab und machte erst mal den Tristan-Wrangler-Gesundheitscheck. Als ich keine lebensbedrohlichen Verletzungen finden konnte, runzelte ich die Stirn. Sie zeigte eifrig auf ihr Knie, und das fette Loch in ihrer Strumpfhose. Ausgerechnet heute musste sie natürlich einen Rock tragen. Wie war das gleich mit den neuen Plänen? Eine spontane Amnesie überfiel mich, aber ich beherrschte mich. Noch!

»Schau, Trisan, ich glaup, ICH VERPLUTE!«

»Das ist doch jetzt nicht dein verdammter Ernst! Du schlägst hier Alarm, als ob die Welt untergeht, nur wegen eines verschissen kleinen Kratzers!« Während ich das zischte, zog ich sie aus der Telefonzelle und zu den drei Treppen, die zu ihrem Haus hochführten.

Als ich vor ihrer Tür stehen blieb und darauf wartete, dass sie mir ihren verdammten Schlüssel gab, fühlte ich plötzlich, wie etwas zwischen meine Schulterblätter knallte. »Aba das könnte ne Blutvergifffftung werdn und ich war so ein bööööööööööööööööses Mädchen! GANZ bööööööööööööööööööööse!«, lallte sie an meinem Rücken und schlug dabei ihre Stirn immer wieder gegen mich.

Ich drehte mich zu ihr um und fing den nächsten frontalen Angriff mit der Hand ab. Dann nahm ich meine andere Hand zur Hilfe, um damit ihr glühendes Gesicht zu umfassen und es an meines zu ziehen. »WO. VERDAMMT. NOCHMAL. WARST. DU. ÜBERHAUPT?«

Während ich sie immer noch hielt und sie mit ihren riesigen Augen unschuldig zu mir aufsah, beichtete sie mit einer Schnute, weil ich ihre Wangen zusammendrückte: »Na, bei Mardin.« Meine Nasenflügel blähten sich automatisch.

»Und was suchst du bei *Mardin*?« Sie versuchte sich klein zu machen, aber ich ließ sie nicht los, also nuschelte sie mit Fischlippen weiter.

»ACH, da warn sooo viele nette Leute … Und die ham so ein lustiges Schpil gespillt … Mit so ner Flasche und ich musste SO WAS BÖÖÖÖÖÖÖÖÖÖÖÖÖÖÖÖÖÖSES TUN!«

Meine Hände begannen zu zittern.

»WAS VERDAMMTE SCHEISSE MUSSTEST DU TUN?« Das kam ein bisschen laut, war mir aber scheißegal. Wenn die sie in dem Zustand ausgenutzt hatten, dann würde ich zum Berserker mutieren!

»Die ham alle gesagt … ich muss …«, sie schmatzte, »*küssn.*«

Als würde man einen Stier mit einem roten Tuch reizen, bis er rasend wütend wurde. Selbst das war nicht damit vergleichbar, was ich nun empfand. Ich musste sie loslassen, weil ich sonst etwas Unüberlegtes getan hätte. Was dazu führte, dass Mia ihr Gleichgewicht komplett verlor und auf den Arsch fiel. Denn ihre gesamte Balance hatte sie offenbar in meine Hände gelegt – wie so oft.

Ich ging vor ihr in die Hocke und lehnte die Unterarme auf meine Knie, sodass meine Hände locker herabhingen. »So … und jetzt noch mal langsam: *Wen. Musstest. du. Küssen*?«

»Du kanns mich doch nich einfach soooo … falln lassn …«, jammerte sie. Sie hatte auf so viele Arten recht und doch musste ich genau das!

»WEN?« Das hörte jetzt sicher ganz Oberbayern und Mia stockte, starrte mich schockiert und mit glasigen Augen an.

»Den Mardin.« Damit ließ sie ihren Kopf nach vorne hängen, bevor er wieder nach oben schnellte. »Aba der küscht nich so toll wie du!«

Ich stand auf und sah auf sie herab. »Wo sind deine Schlüssel?« Fuck, wie schaffte ich es eigentlich, so verdammt ruhig zu klingen? Das gab es doch nicht, denn glühende Lava schob sich siedend heiß durch meine Venen.

»Schlüssel?«

Ruppig zog ich sie hoch, denn ich wusste nicht, wie lange ich mich noch beherrschen konnte und tastete sie nach ihrem Schlüssel ab. Und Fuck, das war das Schwerste, was ich jemals in meinem Leben tun musste. So lange … ohne sie … Mein Ficker, der schrie nicht nur, der GRÖLTE. Selbst er hatte sich von der Fast-Amputation erholt und strebte nach draußen. Bei meiner offenen Hose leichtes Spiel. Sollte Mia das bemerken, gäbe es kein Zurück mehr! Schnell kontrollierte ich mein Shirt, das aber alles größtenteils verdeckte.

Endlich fand ich auch den Schlüssel – natürlich in ihrer Arschtasche, während sie mit dem Rücken zu mir schwankend an der Tür lehnte und die Beine breit machte, als wäre ich ein verschissener Bulle. Mit verbissenen Zähnen und gequältem Gesichtsausdruck visierte ich das Teil an – wo sollte er denn sonst sein, Fuckschicksalshure – und zerrte ihn raus.

Ohne ein weiteres Wort zu verlieren, sperrte ich für sie auf, wobei sie fast nach vorne kippte, ich sie aber stabilisierte. Mit ausgestrecktem Arm hielt ich den Durchgang für sie offen. »Geh schlafen!«

»Aber … Trisan … das hatte nix zu bedeuten … das war nur ein Spiel …«

Mit verengten Augen musterte ich sie – meine einzige Reaktion –

und wiederholte in Gedanken mein neues Mantra: *Ich werde nicht ausflippen und den Arschkrapfen töten. Ich werde nicht ausflippen und den Arschkrapfen töten*!

»Geh!« Schuldbewusst biss sie auf ihre Unterlippe und drehte sich im Treppenhaus noch mal zu mir um.

»Ich liebe dich …«, flüsterte sie und wirkte dabei wieder vollkommen nüchtern.

»Ich weiß.« Das war alles, was ich dazu sagen konnte – zumindest im Moment.

Ihr schien es nicht zu reichen, dennoch wandte sie sich ab und stieg mit hängenden Schultern und leicht schwankend die Stufen nach oben. Ich wartete, hörte wie sie am Schloss hantierte und schließlich in ihrer Wohnung verschwand.

Erst jetzt ließ ich die Tür zufallen und lehnte meine Stirn abgekämpft gegen das kühle Glas.

»Fuck …«, murmelte ich leise in die stille Nacht.

Tristan im Gruselkabinett Wrangler

Both: *Was hast du, außer dir die Birne wegzuballern, sonst so in der Zeit getrieben, als ihr getrennt wart, Mista Wrangler?*

Tristan: *Vorsicht! Die Antwort ist nur was für starke Nerven ...*

***

Verschissen verkackt, du Pisser!

Das war mein erster Gedanke, als ich am Morgen mit dem Kater meines Lebens an einem beschissenen See stand und mit Eva Eber irgendwelche quäkenden Viecher fütterte. Einer von den beknackten, zukünftigen Braten, hatte es sich in den Kopf gesetzt, mich – Tristan Wrangler, Gott der Frauenwelt – in den Arsch zu beißen – wobei ich es mir von einem Truthahn noch gefallen lassen hätte, aber es war leider keiner. Ich weiß ja, dass alle ihn sexy finden, aber das ging dann doch zu weit. Leider konnte ich ihm nicht unauffällig den Hals umdrehen, weil überall Familien und Omas mit vertrocknetem Brot rumeierten.

Fuck ... die letzte Flasche gestern Abend hätte wirklich nicht mehr sein müssen. Keinen blassen Dunst, was für ein Gesöff ich da geext hatte, aber es ballerte ordentlich rein und bescherte mir nun ein Dröhnen im Schädel, was locker an Folter erinnerte – besonders wenn diese Sumpfkuh neben mir, den Mund aufmachte.

Und das tat sie – unentwegt!

Quietschvergnügt und überglücklich hing Eva an meinem Arm und laberte vor sich hin, während ich ihr in die vollgekleisterte Visage kotzen wollte. Viel fehlte dazu nicht mehr. Und verdammte Scheiße, wie war ich in diese zukünftige Familienidylle mit Eva Eber geraten? Kein Wunder, dass mir speiübel war.

»Also Trisi … du weißt, was Sache ist.« Ihr war aber schon klar, mit wem sie es zu tun hatte, oder? Woher sollte ich das denn wissen. Fuck, ich war froh, noch meinen Namen buchstabieren zu können. Das war´s dann aber auch für heute. »Wir machen eine schöne Bootsfahrt.« Evas dämliche Lippen grinsten mich an. Am liebsten hätte ich auch sie erwürgt! Aber gut, bitteschön, bekam sie ihre dämliche Bootsfahrt. Sie könnte ja ertrinken. Rein zufällig, natürlich.

Also nuschelte ich ein ziemlich unbegeistertes »Hmm« vor mich hin und zog mein Handy aus der Hosentasche.

Vielleicht merkte die Schlunze neben mir, dass ich keinen Bock auf ihr verfatztes Theater hatte und hielt zur Abwechslung mal die Klappe.

Stattdessen wollte ich irgendjemandem aus meiner Familie auf den Sack gehen. Alles war besser als das hier. Und unter Umständen lenkte es mich sogar ein wenig von gewissen Mordplänen ab.

Eine SMS sprang mir förmlich entgegen und sorgte in meinem Inneren für Ausnahmezustand. *MIA IST KRANK*!, informierte mich Vivi!

KRANK!

WAS HATTE SIE?

Also schrieb ich der Kräuterhexe zurück und sie antwortete umgehend …

Sie hat Grippe.

Ich presste die Augen zusammen und blieb stehen.

»TRISI, was ist denn los?« Eva versuchte in mein Handy zu glupschen, doch bevor sie was erkennen konnte, ließ ich es in meine Tasche gleiten.

»Ich muss heim.« Kurze, knappe Ansagen – die verstand Eva am besten.

Aus ihren hellblauen, zugekleisterten Augen starrte sie mich misstrauisch an. »Wieso?«

»Das geht dich einen verdammten Scheißdreck an!« Ich riss mich von ihr los und marschierte die Strandpromenade entlang.

Zielsicher auf das Hotel zu, das schnatternde Entenpack im Schlepptau. Der Atem entkam meinen Lippen in kleinen dampfenden Wölkchen. Es war schon verschissen kalt. *Klar, dass sie krank geworden ist, nach dem besoffenen Stunt mit dem kurzen Rock und den zerrissenen Strümpfen. Der Pisser hätte besser auf sie aufpassen müssen ...*

»TRISTAN!«, schrie die Schlunze . »BLEIB STEHEN!«

Ich beehrte sie mit meinem Mittelfinger, doch sie kam angetrabt, umklammerte meinen Arm und wollte mich auf ihren blöden Stöckelschuhen schwankend vom Gehen abhalten. Ruppig schüttelte ich sie ab, woraufhin sie fast stürzte und setzte meinen Weg fort.

Nichts konnte mich aufhalten; ich hatte eine Mission - wieder mal.

Nach drei Minuten war ich im warmen Hotel, das Eva dieses Wochenende für uns gebucht hatte. Gut, dass ich meine Sachen erst gar nicht ausgepackt hatte.

Aber natürlich hatte ich meine Rechnung ohne dieses dämliche Stück Brot gemacht. Denn als ich über den Hotelflur lief, kam sie wieder an und baute sich mit in die Hüfte gestützten Fäusten vor mir auf. Eva Eber ist wirklich eine kleine, beschissene Klette.

»Wohin gehst du?«

»Fick dich, Eva!« Ich wollte sie umrunden, doch sie hielt mich mit ihrer Klauenhand an meiner Brust auf.

Fuck! Ich wusste nicht, wie lange ich mich noch beherrschen konnte ... Ehrlich, ich schlug aus Prinzip keine Frauen, wirklich nicht. Aber bei Eva wollte ich sooo fucking gerne eine Ausnahme machen, dass meine Fäuste kribbelten.

Mia war krank! Ich wusste, dass sich keiner um sie kümmern würde. Na gut, keiner außer Martin ... doch selbst wenn ich sie ihm gegönnt hätte (okay, war ein Witz. EIN WITZ!). Fuck!, ich konnte nicht. Fairness? Scheiß drauf! Abstand? Fuck you!

Ich wollte zu ihr! So war es, so ist es und so wird es auch immer bleiben!

»Geh mir aus dem Weg!« Diese Worte kamen so eiskalt, dass sie sichtlich zusammenfuhr. Mit großen, blassblauen Augen starrte sie mich an. Ich starrte zurück, bis sie wie erwartet ihre blonden Locken über die Schulter warf.

»Wie du willst.« Eben!

Schon als ich davonging, wusste ich, das würde Konsequenzen haben. Wirklich verpisste ...

Aber in dem Moment war mir das scheißegal. Sollte Eva doch im Dreieck springen, auch wenn ich irgendwann dafür büßen musste, auf die beschissenste Art, die man sich nur vorstellen konnte. Doch daran wollte ich nicht denken, jetzt zählte nur mein Mädchen.

Wieder mal.

***

»Na, was hat denn Ihre Freundin?«

»Sie ist nicht meine Freundin!«

»Na, dann eben Ihre Bekannte!«

»Meine Fresse, ich will einfach nur verschissene Medikamente gegen Erkältung haben und nicht meine Lebensgeschichte erzählen!«

Ein paar Mal ging das noch so hin und her. Das Schneckentempo der Apotheker-Eule vor mir trieb mich zur Weißglut, ganz zu Schweigen von dem Kreuzverhör, in das ich unverhofft geriet.

Sobald ich endlich eine Tüte rammelvoll mit Medizin ergattert hatte, setzte ich mich wieder in mein Auto.

Gottverdammtes System! Allein eine, am Sonntag geöffnete, Drecksapotheke zu finden, hatte mich über eine halbe Stunde meiner kostbaren Mia-Rettungs-Zeit gekostet, und dann kam die nicht zu Potte, während sie mir auch noch ein Frage/Anwort-Spiel auf´s Auge drückte.

Aber jetzt hatte ich ja alles.

Erleichtert packte ich mit einer Hand das Lenkrad und ließ die andere durch die Haare gleiten. Puh … tief atmete ich durch, drehte den Zündschlüssel und fuhr los.

Die Fahrt dauerte dann aber wieder gefühlte Ewigkeiten, weil vor mir ein Opa mit Hut rumeierte. Was hatte ich erwartet? War ja auch verdammter Sonntag! Das verfickte Greisenasyl hatte Ausgang.

Vor Mias Haus angekommen, schlug mein Herz schon ziemlich pussymäßig. Aber als ich mir vorstellte, wie sie allein und verlassen in ihrem Bett lag und kein Schwein hatte, das ihr half, brauchte ich nicht lange, um mich zu überwinden. Eilig nahm ich die Tüte vom Beifahrersitz, stieg aus und bog um die Ecke.

In dem Moment sah ich, wie der Oberspast vor Mias Haustür stand, auch mit einer verdächtigen Tüte in der Hand … Ich hielt den Atem an und blieb stehen – dabei kam ich mir vor wie im falschen Film.

Fuck!

Er klingelte, sprach und ging rein.

Und ich?

Tja, ich hätte jetzt wieder mal ausrasten oder sonst was Interessantes und für mich echt Entspannendes veranstalten können. Doch anstatt mir zu einer Runde Entladung zu verhelfen, fluchte ich laut, schmiss die scheiß Medizin in die nächste Mülltonne und verschwand wieder.

Mia dachte doch sowieso, ich hätte was mit Eva und allen

anderen Schlunzen dieser Welt!

Sie war sauer und wollte mich nicht sehen. Wozu auch, sie hatte ja ihren Martin.

Das brachte mich um und sie auch, schon klar. War mir nicht entgangen.

Aber vielleicht war es besser so. Für uns beide.

Hauptsache sie war nicht allein, Hauptsache, jemand kümmerte sich um sie. Das genügte mir schon.

Jedenfalls versuchte ich mir den Bullshit einzureden. Klappte nur nicht so gut.

***

Als ich von Mia wegfuhr, nahm ich erst mal den Weg raus aus der Stadt und hinein in den Wald. Und dabei wurde ich mit Textnachrichten zubombardiert.

»*TRISI, tu nichts Unüberlegtes.*«

»*TRISI, du bekommst noch EINE CHANCE!*«

»*TRISI! KOMM ZURÜCK!*« Bla bla … Da waren noch mehr, aber dürfte klar sein, wie der Grundtenor aussah. Der Fuck nervte, weshalb ich mein Handy ausschaltete, bevor ich dorthin ging, wo ich in solchen Momenten immer meine Ruhe fand: Zu meiner Lichtung. Was für ein verdammt friedlicher Ort und im Spätsommer fucking schön. Hier konnte ich durchatmen.

Auf meiner Wurzel über dem Bach sitzend, wo ich den glasklaren Wellen dabei zusah, wie sie sich ihren Weg entlang des Flusses bahnten. Was sollte ich jetzt tun? Gegen den Strom schwimmen und ALLES riskieren?

Tja Pisser, du hast nur eine einzige Möglichkeit, tu etwas, was du nicht ausstehen kannst und schwimme weiter MIT den Strom. Einfach paddeln. Ohne nachzudenken. Arme auseinander, Füße tun das Gleiche, wieder zusammen und der ganze Scheiß von vorn. Funktioniert gigantisch ... Schon bei der Vorstellung ließ ich erschöpft den Kopf nach vorn hängen. Mir blieb keine verdammte Wahl …

Wieso nicht? Tja!

Wenn ich Mia unentwegt stalkte, würde es ihr nichts bringen als weitere Schmerzen! An der beschissenen Gesamtsituation würde es garantiert nichts ändern! Zwar suchte ich unentwegt nach einer Lösung für diesen ganzen Fotzendreck, doch im Moment fiel mir einfach nichts ein. Wie sollte ich nur jemals von ihr loskommen? Ich hatte es doch probiert! War sogar mit der Sau auf ein *Romantisches Wochenende* gefahren, ich hatte mit ihr geredet, sie angesehen, alles ... außer …

Oh fuck! Unvermittelt sah ich auf, meine Augen – eben noch beschissen müde, in Vorbereitung auf das verdammte Paddeln –

kniff ich angewidert zu.

Bevor ich zu IHR zurückkehrte um »weiterzuleben«, musste ich noch eine rauchen. Oder zwei, vielleicht auch drei …

***

Natürlich trug ich ein paar Stunden darauf meine (hart erkämpfte) Badehose, aber ich glaubte kaum, dass das ausreichen würde ... Eva, die in nichts weiter als einem rosa BLING BLING Bikini mir gegenüber saß und ihren verfickten Erdbeerchampagner schlürfte, lächelte mich schon so widerlich gruselig an. Oh fuck … da könnte man glatt verdammte Angst bekommen. Aber ich wusste, ich musste diese verfickte Scheiße durchziehen. Sonst wäre ich nämlich so ziemlich am Arsch.

Also lächelte ich zurück. Dieses eine bestimmte Lächeln, das die Höschen aller Frauen im Umkreis von zehn Kilometern schmelzen ließ. Um die Nummer perfekt zu machen, neigte ich noch den Kopf zur Seite.

»Ich musste einfach zu dir zurückkommen ...« Damit lehnte ich mich vor, nahm ihr das Glas ab, um es an den Rand zu stellen und streichelte unter einiger Anstrengung mit einem Finger ihre Schläfe entlang. Dabei schaute ich ihr tief in die Augen – scheiße, das war Hardcore-Überwindung –, während meine Hand an ihrer Wange verharrte und ich mit meinem Daumen ihr Kinn umfasste.

Es kostete mich alles, nicht zu fest zuzudrücken. »Denn ich will dich – jetzt.« Nur ein Hauchen, das einen weiteren Kraftakt darstellte – wieso war es früher so leicht, aber seit Mia so schwer?

Verdammt, das spielte jetzt keine Rolle. Ich musste diese Gedanken aus meinem verfickten Schädel kriegen, denn die Tussi vor mir erstrahlte erst mal in allen möglichen Rottönen, bevor ich es wirklich über mich brachte: Ich küsste Eva Eber.

Bisher hatte ich das immer irgendwie verhindern können, doch jetzt war die Schonfrist abgelaufen. Jetzt hieß es Augen zu und durch, du wirst dich schon nicht zu Tode ekeln! Und es war fucking eklig! Ihr Gloss verschmierte sich zwischen unseren Mündern, die Zunge schmeckte nach Rauch und pappsüßem Alkohol ...

Nicht nur, dass mein Ficker nicht reagierte, er wäre am liebsten davongerannt! Sehr weit und sehr schnell. Und trotzdem wanderte meine Hand an ihrem Bauch hinab … und unter ihren Hauch von Bikinihöschen.

Ihre Haut war seidig, der Körper fühlte sich gut an, und dennoch wollte ich nur zu meinem Mädchen. Das wär´s! Dem mit dem *echten* sexy Körper. Dem, mit dem Arsch, mit dem keine konkurrieren konnte, den Lippen, die mich innerhalb von Lichtgeschwindigkeit geil machen konnten, indem sie beispielsweise meinen Hals verwöhnten … DIESE kleine Fantasie heizte mir ein, zumindest ein wenig.

Eva konnte ihr Glück kaum fassen. Japsend umklammerte sie meine Arme, als ich begann, das zu tun, wofür andere eine Anleitung brauchen, und sie dabei fortwährend um den Verstand küsste. Ich musste sie und vor allem mich absolut davon überzeugen, dass ich nur sie wollte. Sie musste auf verdammten Wolken schweben … Und sie schwebte … Innerhalb von ein paar Minuten gab sie signifikante Geräusche von sich, die mich hoffen ließen, dass sie möglicherweise abnippeln würde. Den Gefallen tat sie mir leider nicht. Stattdessen kam sie.

Ich musste meine Finger desinfizieren – SCHNELL. LANGE! Mit der chemischen Wunderkeule! Scheiß Seuche!

So langsam, wie ich konnte, löste ich sie aus ihr und begab mich wieder auf die sichere Seite des Whirlpools. Während sie versuchte Luft zu holen und irgendwas von »Oh … mein Gott … Trisi … Das war Wahnsinn …« vor sich hinstammelte.

Mein Grinsen erschien obligatorisch. Tja – Pussygourmet. Vielleicht weiß ich nicht viel, aber garantiert, wie ich *jede* Frau zu einem phänomenalen Orgasmus bringe und das in kürzester Zeit.

Blöderweise entschloss sie sich dazu, einen auf weißen Hai zu machen. Sie folgte mir und ich hörte die Musik aus dem Film in meinem Kopf. Auch grinsend, aber wieder von der Halloween-Saures-Sorte glitt sie durch das Wasser. Vermutlich sollte es verführerisch sein, war es aber nicht.

Kurz darauf war sie auf meiner Seite der Macht.

Fuck … Wa …?

»Und jetzt … Trisi …« Ihre Hand wanderte über meine Bauchmuskeln, und als selbst mir aufging, was die Irre plante, wurde mir übel. Mein Ficker befand sich wieder im Chillmodus und machte keine Anstalten, nur halbwegs mitzuspielen. Ganz klar aus Protest. Aber jetzt steckte er sich noch den Finger in den Mund und zeigte ihr dann den Vogel.

Schnell griff ich zu, bevor sie es tun konnte, und sah ihr in die Augen. Die fünf Pfund Schminke waren verschmiert und liefen ihr Gesicht herab. Na ja, war ja fast Halloween. Sie erinnerte unglaublich an diese Scream-Fratze. Scheiß heiße Wasserdämpfe …

»Ich muss kacken!«

Was anderes fiel mir beim besten Willen nicht ein. Außerdem konnte nichts so gut die Stimmung killen wie dieser Satz. Die Wirkung war hundertpro garantiert.

Ihr Mund klappte auf und sie starrte mich schockiert an. Ich schwang mich währenddessen aus dem Pool und brachte mich in Sicherheit, also aus dem Badezimmer zum separaten Scheißhaus. Dorthin würde sie mir nicht folgen. Kein Mädchen tut das.

Als die Tür hinter mir geschlossen war, lehnte ich mich dagegen und fuhr mit der nicht kontaminierten Hand durch meine Haare.

Dieser Plan war ja wohl schiefgegangen!

Fuck! Das war so was von falsch! Am liebsten hätte ich geheult wie eine kleine Pussy. Verzweifelt blickte ich nach draußen über den See in die Nacht hinaus und mir wurde eines klar: Die Gründe waren scheißegal, *ich hatte Mia betrogen*!

Und ja, man kann auch einen Menschen bescheißen, wenn man gar nicht mit ihm zusammen ist! Es kommt drauf an, ob ich mich einer Person zugehörig fühle. Und tja … mein Mädchen wird immer zu mir gehören und ich zu ihr. Wir waren eins und doch so verfickt weit voneinander entfernt.

Die Sehnsucht fraß mich schier auf, das schlechte Gewissen sowieso. Und aus einem blöden Impuls heraus verließ ich das verdammte Klo und ging geradewegs ins verlassene Schlafzimmer. Ich schnappte mir mein Handy, wählte ihre (kürzlich eingespeicherte) Festnetz-Nummer und hoffte, dass ihrer verdammten Eltern nicht daheim waren. Ein Blick auf die Uhr zeigte, dass sie sicher schlafen würde. Es war zwei in der Nacht. Nur einmal ihre Stimme hören, mehr wollte ich gar nicht … Einmal mehr regte mich auf, dass sie kein Handy hatte. Wenigstens eins dieser verschissenen Billigteile, mit denen man lediglich telefonieren konnte, aber nein …

Während ich dem nervigen Ton lauschte, zündete ich mir eine Kippe an, schlüpfte in einen Bademantel und trat auf den Balkon in die klare Nacht. Aber ich hatte keinen Blick für die Natur um mich herum übrig.

Nach dem achten Klingeln, ich wollte eigentlich gerade auflegen, passierte es endlich:

»Jaaa?« Eine verschlafene Stimme meldete sich zu Wort. Ich musste lächeln, als ich mir vorstellte, wie sie absolut verpennt in ihr Zimmer zurückstapfte und sich wieder in ihr Bett legte.

»Baby ...« Oh fuck … ich klang wie eine verdammte Pussy.

»TRISTAN!«, rief sie aufgeregt. Dann leiser, »Bist du´s?«

Ich musste lachen. Sie war so fucking süß, wenn die Verschlafenheit ihr die Erinnerung daran nahm, dass ich das Recht verloren hatte, sie Baby zu nennen! Gleich darauf fiel das Lachen in sich zusammen. Denn ich fühlte mich wieder wie das größte Arschloch dieses Planeten – ach, Blödsinn, des *Universums* – wieso hatte ich das nur getan?

»Sicher bin ich es … Oder wer denkst du, ruft dich sonst mitten in der Nacht an und stalkt dich?« Ich lehnte meinen Arsch gegen die Brüstung und zog an meiner Kippe, während ich ihrem verschlafenen Kichern lauschte.

Okay, Tristan, kneif die Backen zusammen!

Ich war zwar bei Eva – aber das konnte sie nicht wissen. Gut so. Besser sie würde niemals von der verkackten Mia-Rettungs-Aktion erfahren und mit wem ich eigentlich das Wochenende verbringen und mich ablenken wollte. Das musste sie auch nicht, denn damit ruinierte ich nur ihre gute Stimmung, was ich in letzter Zeit bis zur Perfektion beherrschte.

Und mit einem Mal war es wie früher, als wären wir nicht getrennt. Als wäre die Scheiße nicht am Dampfen, sie wieder mein Mädchen und ich ihr strahlender Held.

»Wie geht's dir, Baby? Kackt die Scheißgrippe dich an?«

»Woher weißt du …? *Vivi*!«, beantwortete sie sich wütend grummelnd die Frage selbst und nuschelte dann weiter »Es geht schon … ich habe Medizin genommen … und dann hatte ich einen echt schönen Traum ...«

AHA! *Sie wird garantiert rot*! *Ganz klar*. Und ich nahm noch einen Zug von der Zigarette, legte den Kopf schief und fühlte wie mein Ficker aufhörte zu schmollen und ganz Ohr wurde.

»Was hast du denn geträumt?« Meine Stimme klang tiefer, lockender, und ich wusste, wie sie darauf reagierte. Als sie leise Luft holte, musste ich lachen – FAST! Konnte es mir aber verkneifen.

»Na ja …« *Sextraum, eindeutig*. Sicher musste wieder ihre Lippe dran glauben und ihre Finger sowieso.

»Da warst du ...« *Fucking geiler Sextraum sogar. Yeah …*

»Sehr gut … Weiter.«

»Und … wir waren in einem Whirlpool ...«

Oh scheiße ... Etwas Schrecklicheres hätte sie jetzt nicht sagen können! Am liebsten hätte ich sie angeschrien, damit sie nicht weitersprach, wollte mich aber nicht verraten … Scheiße! Was tat ich hier eigentlich?

»Bist du noch da?« Ich konnte nicht antworten, musste meine Zähne erst dazu bringen, sich wieder zu lösen und meine Augen, sich zu öffnen. Nach einigen elend langen Sekunden schaffte ich es.

»Yeah, Baby … Bin da …« Und ich wusste, dass sie merkte, dass etwas nicht stimmte und was für eine blöde Idee dieses Telefonat doch war ... Genervt drehte ich mich um, schnippte die Kippe weg und fuhr mir mit einer Hand durch die feuchten Haare.

Einige Sekunden war es still.

»Tristan?« Oh fuck … verletzlicher hätte sie nicht klingen können!

»Hm?« Wütend über mich, über diese bepisste Idee, sie anzurufen, nachdem ich gerade eine andere gefingert hatte, während ich mit Horror-Eva auf einem romantischen Urlaubstripp war, und ihr immer und immer und immer und immer wieder WEH ZU TUN, konnte ich mehr nicht sagen.

»Du … du fühlst doch noch dasselbe wie früher für mich, oder? Sonst würdest du mich doch jetzt nicht anrufen und … und … immer da sein, wenn ich dich brauche ...«, stammelte sie schnell. »Also … denkst du, wir bekommen es vielleicht noch hin … Irgendwie?« Das letzte Wort kam nur als ein Flüstern.

Und ich wusste … Ich musste mit Mia zusammen sein. Ich musste sie beschützen. Ich musste sie … fucking verdammt noch mal so was wie lieben. Ich konnte gar nicht anders. Nur eines wusste ich nicht. Ob ich es jemals schaffen würde, sie nicht irgendwie zu verletzen, also blieb ich bei der Wahrheit.

»Ich habe noch dieselben Gefühle für dich, Mia … Die werden sich nie ändern, aber wir werden es dennoch nicht hinbekommen. Wir sind zu verschieden.«

Fuck. Wieso krächzte ich eigentlich so und warum war meine verdammte Deckssicht so verschwommen? Das gab´s doch nicht! Tief ausatmend rieb ich mit der Hand über meine Augen und legte den Kopf in den Nacken. Im Augenwinkel sah ich, wie die Schlafzimmertür sich öffnete und das Grauen mit ihrer Scream-Maske hineinkam.

»Ich muss aufhören. Träum nicht mehr von mir ...«, schickte ich schnell hinterher, dann zwang ich mich, aufzulegen ...

Mia ` gibt es Eva und dann Tristan ` Engel

Both: *Trotz deiner grenzenlosen Dämlichkeit, aber aufgrund Mias guter Seele und unendlicher Geduld seid ihr irgendwie doch wieder zusammengekommen. Was war euer verrücktestes Partyerlebnis bis auf die Ich-schlage-den-Krapfen-zu-Brei und etlichen Strandpartys?*

Tristan grinst dreckig, Mia wird knallrot … doch sie erzählt: »Also … das war auch während der Trennung …«

***

Dieses Mal hieß das Grauen nicht Strand-, sondern Halloween-Party. Auch wenn ich total verwirrt war. Ich meine … Findet Halloween nicht normalerweise im Herbst statt? Na ja … Eva gab sämtlichen Vorurteilen, die man Blondinen gegenüber hatte, wieder mal ganz die Ehre.

Sie trug eine Art römisches Gewandt oder Göttinnenkostüm. Dabei war die linke Brust kaum verhüllt, sodass man jeden Moment erwartete, sie würde herausfallen. Die Haare hatte sie aufwendig hochgesteckt, was zwar einerseits wirklich gut, aber andererseits sehr schmerzhaft aussah. Sämtliche Haarnadeln mussten sich doch in ihren Kopf bohren.

Auf jeden Fall wirkte sie wie jemand aus diesen Uralt-Monumentalschinken und benahm sich, als wäre ihre Gegenwart das Highlight des Tages. Jeder wurde herzlichst begrüßt oder angelacht, nur mich bedachte sie mit eindeutigen Todesblicken.

Einer Getränkeattacke gleich zu Beginn konnte ich noch im letzten Moment ausweichen. Woraufhin sich Vivi auf Eva stürzte und ihr die Augen ausgekratzt *hätte*, wäre ich nicht rechtzeitig eingeschritten. Den Ärger wollte ich unbedingt vermeiden, denn sie hatte mich in der Hand und demnach musste ich mitspielen, ob ich wollte oder nicht. Dafür gab es diverse Gründe. Das Video, womit sie mich erpresste, rangierte zwar nur an hinterster Stelle, aber ich sollte es nicht außer Acht lassen. Viel wichtiger war ihre Besessenheit von Tristan, meinem 1A-Gott. Aber das Bedeutendste war: Ich würde einen Teufel tun und mich auf ihr Niveau herablassen. So viel Würde hatte ich mir bewahrt. Also übte ich mich in Geduld.

Bisher jedenfalls.

Der Abend war ja noch lang.

Und so saß ich alleine auf der Couch und versuchte, bloß nicht aufzufallen – wie immer eben.

Was dieses Mal jedoch nicht gerade leicht fiel … in dem »Kostüm«, in das mich meine beste Freundin und Anhängerin des »Wrangler-Clans« Vivi gesteckt hatte. Gott … mit Sicherheit würde *er* ausflippen, wenn er mich so sah. Aber diese Katastrophe stand noch aus, denn er war bisher nicht eingetroffen. Typisch Tristan Wrangler, wann kam der denn schon mal pünktlich. Er ließ sich grundsätzlich mit allem Zeit, selbst beim Sex. Den Gedanken schob ich aber schnell beiseite, weil ich sonst nur dämlich gegrinst hätte.

Mit mäßigem Interesse betrachtete ich deshalb die Masse beim Feiern, so wie immer eben. Dass mein Herz dabei wie verrückt vor sich hin trommelte, musste wohl nicht erwähnt werden, oder?

Vivi war mit Tom kurz verschwunden, weshalb sich mein Ohr ein wenig von ihren verbalen Attacken erholen konnte. Die Frau hatte aber auch ein Mitteilungsbedürfnis! Klar, sie musste einen ja über jede Kleinigkeit informieren.

Seufzend nippte ich an meinem alkoholfreien Cocktail. Von Alkohol hatte ich wohl bis an mein Lebensende genug. Der Coconut-Kiss schmeckte köstlich, doch als er meinen Magen erreichte, verkrampfte dieser sich noch ein bisschen mehr. Der hämmernde Bass gab zu allem Überfluss sein Möglichstes, um mein schwaches Nervengerüst vollends zum Einsturz zu bringen. Bisher hielt es stand, die Frage war nur, wie lange noch …

Als Evas Blick mich streifte, fing es bereits an zu wanken, als sie aber kurz entschlossen zu mir rüberstöckelte, brach es beinahe zusammen.

Fall um!

Oder geh vorbei!

Ich war total konzentriert bei dem Versuch, sie irgendwie zu hypnotisieren. Deshalb kapierte ich das Ausmaß der folgenden Katastrophe nicht auf Anhieb, als sie sich neben mich auf die Couch fallen ließ. Fünf elende Sekunden vergingen, bevor ich an den äußersten Rand zurückwich. Die Möchtegerngöttin schien mich zu ignorieren, was ich ihr aber nicht abkaufte. Denn sie schlürfte an ihrem Getränk, setzte sich in Pose und schlug ihre unverschämt nackten, glatten, unendlich langen Beine übereinander. Dabei verrutschte ihr Kleid und gab mehr preis als erlaubt war. Wenn ich es nicht besser wüsste, hätte ich vermutet, sie flirtete mit mir, stattdessen wollte sie wahrscheinlich nur ihre Vorzüge präsentieren und mir damit klarmachen, dass ich neben ihr ohnehin keine Chance hätte.

Ja, ich musste zugeben, ihr Aussehen war makellos, dennoch war sie abgrundtief hässlich. Hässlich und ohne Höschen. Da war keins. Unter Garantie. Das Kleid zeigte mehr, als es verdeckte. Hoffentlich hielt sie immer schön die Beine zusammen.

Meine Aufmerksamkeit wurde wieder auf ihr Gesicht gelenkt, als sie gurrende Töne von sich gab. Trotz lauter Musik und diesem dröhnenden Bass gurrte sie wie eine liebeskranke Taube. Unfassbar.

»Okay … ich muss jetzt echt mal mit dir darüber sprechen ...«, begann sie grinsend und nahm noch einen Schluck, bevor sie den Kopf bewegte, um vermutlich ihr Haar dramatisch nach hinten zu werfen. Leider hatte das überhaupt keinen Effekt, weil das ja nach wie vor festbetoniert und aufgetürmt eine Frisur imitierte.

Eilig wandte ich mich ab, aber das war ihr offensichtlich egal. »Es ist toll, nicht wahr? Mit ihm zu schlafen?«

Oh mein Gott. WAS? Nachdem ich den ersten Schock dieser Frage überstanden und einmal tief durchgeatmet hatte, blickte ich sie von der Seite an. War sie vollkommen wahnsinnig geworden? Okay, reine Rhetorik, aber war das ihr Ernst? Für sie kam eindeutig jede Hilfe zu spät.

Ihr schien gar nicht aufzufallen, was für einen Mist sie da von sich gab, denn sie lächelte mich nachdenklich an, wobei ihr Grinsen alles andere als gesund wirkte. Und das Schlimme: Dies war erst der Anfang.

Anstatt zu antworten, schüttelte ich bedauernd den Kopf, wandte mich wieder ab und trank einen Schluck, einfach, um meine Unsicherheit zu verbergen. Mit Verrückten sollte man sich nicht anlegen. *Was würde ich jetzt für ein bisschen Alkohol geben.*

»Weißt du, ich fühle mich jedes Mal wie Miss World, wenn er mich ansieht. Ich meine diesen einen bestimmten Blick – du weißt schon, schätze ich. Und dann … wenn er mein Gesicht umfasst und sich zu mir hinablehnt, um mich zu küssen ...« Ich gab ihr noch zwei Sekunden, dann hätte die blonde Göttin hier und jetzt einen Orgasmus.

Jedenfalls klang sie so. Das wäre mein Untergang. Mir war ja jetzt schon schlecht!

Vielleicht sollte ich mir die Ohren zuhalten. Leider war ich zu höflich dafür, und nicht zu vergessen, sie hatte mich in der Hand.

Panisch versuchte ich, wenigstens die Bilder aus meinem Kopf zu verdrängen. Von ihr ... mit ihm ... das perfekte Paar, der perfekte Sex, der perfekte Blick ... NEIN!

»... dann weiß ich jedes Mal auf´s Neue, dass ich alles bin, was er will ...«

»In deinen Träumen ...« Es war heraus, bevor ich es vermeiden konnte. Offensichtlich war kein Alkohol nötig, um sich zu betrinken, denn anders konnte ich mir meinen Fehltritt nicht erklären.

Mein Kopfkino lief derweil Amok, ohne dass ich etwas dagegen unternehmen konnte. Normalerweise hatte ich keine Mordfantasien, aber bei Eva Eber wollte ich zu gern eine Ausnahme machen.

Ich stellte mir vor, wie meine Hände ihren schlanken Hals umfassten, den sie extra für mich freigelegt hatte. Wie meine Finger langsam Druck ausübten, bis ihre Worte zu einem Röcheln verklangen und ich somit von diesem Horror befreit wurde. Aber es blieb Fantasie. Ich könnte so etwas nie jemanden antun, nicht einmal Eva Eber.

Meine Worte blieben entweder ungehört oder wurden absichtlich ignoriert. Bei der blonden Schickse neben mir wusste man nie. Aber wer war ich schon, ein Nichts, ihr Fußabtreter. Meine Augen brannten und ich lachte trocken auf, während sie fortfuhr, als hätte ich nie etwas gesagt.

»Und dann … seine Finger … was er damit anstellen kann. Glaubst du, er hat dafür einen Kurs belegt?« Nachdenkliche Pause – leider nur sehr kurz – denn schon ging es weiter »Aber das alles wird ja erst gekrönt von seinen HÜFTEN. Wie schafft es ein Mann nur IMMER, zielgenau diesen einen Punkt zu treffen … Du weißt schon … Vielleicht. Und sein Stöhnen … Wenn es so heiser ist, kurz bevor er kommt …«

Ich knallte mein Glas auf den Tisch und unterbrach ihre Lobeshymnen. Innerlich brodelte ich. Meine Mordfantasien bekamen neue Nahrung. Wo sie vorher nur verschwommene Bilder gewesen waren, schlugen sie mir nun in Farbe und HD entgegen.

Ich wollte Stück für Stück ihre Extensions rausreißen, ebenso wie ihre falschen Fingernägel, nicht zu vergessen diese Monsterwimpern. Aber immer wieder betete ich herunter: *Sie ist es nicht wert. Sie ist es nicht wert.*

Mit geballten Händen und einer Kraftanstrengung, die ich mir bis zu diesem Moment nie zugetraut hätte, zwang ich ein Lächeln auf mein Gesicht und sah sie an. »Und weißt du, was das Allerschönste an ihm ist …«, wisperte ich, eine Träne löste sich aus meinem linken Auge. Aber es war mir egal, denn sie unterstrich nur den dramatischen Effekt. Fand ich.

»...Wenn er dir sagt, dass du sein Mädchen bist und dass er verdammt nochmal für dich sterben würde, wenn er dir jeden Wunsch von den Augen abliest. Wenn seine harte Fassade in sich zusammenbricht und er dir erlaubt, bis in seine Seele zu blicken ...«

Ich musste schlucken, denn es funktionierte! Die grauenvollen Bilder verschwanden und wurden ersetzt durch andere, geliebte, vergötterte … *Tristan mit seinem Pullover vor mir, Tristan der mich aus dem Fenster der Turnhalle hebt, Tristan der mir über die Wange streicht und mir sagt ich bin sein Mädchen, Tristan der mich verteidigt – vor meinem Vater, vor den anderen, vor der ganzen Welt* ...

WIR SIND PERFEKT!

Genau in diesem Moment wurde es mir klar! Egal, was sie erzählte und wie schön sie auch war.

Zur wahren Perfektion, zur LIEBE, gehört mehr als Oberflächlichkeit.

Die nächste Träne löste sich und diesmal hieß ich sie sogar willkommen. Denn sie war *richtig*. Als ich fortfuhr, immer hinein in ihr halb irres, halb verwirrtes Gesicht, war ich kaum noch zu verstehen. Meine Fäuste lagen mittlerweile offen in meinem Schoss, meine Wut war verflogen, ich sagte ihr nur die Wahrheit. Ihre Rede war kein Grund, sie killen zu wollen, denn sie hatte nicht die *geringste* Ahnung, wovon sie sprach. Ich schon.

»... Während du mit ihm auf seinem heiligsten Heiligtum liegst und ihr euch einfach nur unterhaltet. Wenn er deine Hand nimmt und dich daran führt, dich beschützt und nur wegen eines Kusses zu dir rast, damit du gut schlafen kannst. Wenn er dich fragt, wie dein Tag war, was du fühlst, was du denkst, was du *bist*. Wenn er sich *wirklich* für dich interessiert ... und nicht nur für deinen Körper ... Oh ja, Eva ... Es ist tatsächlich der Wahnsinn, wenn du merkst, dass er dich – nur dich – liebt.«

Das musste sein! Nur einmal!

Mein Herz verdoppelte bei den letzten Worten den Takt, meine Hände waren schweißnass, und ich wusste, ich hatte sie zu sehr gereizt – gleich würde ich die Quittung dafür bekommen. Doch ich konnte es mir nicht verkneifen.

Ihre Augen verengten sich, sie presste die Lippen zusammen, die Hand mit dem Glas begann zu zittern. Doch als sie zum Gegenschlag ausholte, warf sich plötzlich jemand neben sie auf die Couch und seinen Arm um ihre Schulter. Er zog sie zurück – weg von mir.

»Hey … was geht?«, erkundigte sich eine unverkennbare, lockere Stimme, in der unterschwellige Anspannung brodelte. Und mein Herz befand sich in meinem Magen. Wieder. Diesmal aus anderen Gründen.

Er war da!

Tief atmete ich aus und schloss bebend die Lider. *Er war da …*

Ich konnte mich wieder entspannen.

Doch als ich ihn ansah, war die erste Erleichterung sofort dahin. Denn er warf mir einen vor Zorn lodernden Blick zu.

Für mich als auch für die Möchtegerngöttin war sein Auftauchen zu überraschend. Sie brauchte noch einen Moment, nur um sich dann mit einem theatralischen »OHHH TRISII, ENDLICH!« in seine Arme zu werfen – die übrigens verschränkt waren (autsch, das hatte bestimmt wehgetan), vermutlich wegen mir – und presste ihre widerlichen, ekelhaften Lippen auf seine. Oh nein, er erwiderte weder den Kuss noch nahm er die Arme auseinander.

Unverwandt lag sein zorniger Blick auf mir, getränkt mit einer irren Mischung aus Verzweiflung und Wut, während sie seine Lippen vergewaltigte.

Noch merkwürdiger war meine Reaktion darauf, denn ich konnte genau erkennen, was in ihm vorging und mein Herz setzte vor Glück ein paar Schläge aus. Ich hatte das Gefühl, dass ich niemals so tief mit ihm verbunden war, wie in diesem Moment, in dem er sich von der Hexe gegen seinen Willen küssen ließ.

Tristan wollte MICH!

Er sah MICH!

Er fühlte MICH!

Immer.

Ich biss mir auf die Unterlippe, legte alles in meinen Blick, was ich an Liebe aufzubieten hatte, sendete ihm diese Botschaft per Express-visuell-Liebeszug und betete, dass er auch auf die Entfernung mein trommelndes Herz spürte. Doch dann war alles vorbei.

Denn von Verzweiflung konnte keine Rede sein. Da war nur noch Zorn – lodernd, unbezwingbar. So, wie ihn nur Tristan zustande bringen konnte. Und nur auf mich.

Mit unverkennbarer Leidenschaft schlang er nun die Arme um

Eva, eine Hand wanderte in ihren Nacken – einfühlsam, wie nur Tristan es konnte –, seine wunderschönen Lippen öffneten sich, um den Kuss zu erwidern. Zu allem Überfluss stöhnte er, bevor er die Augen genüsslich schloss.

Und das direkt neben mir! Scheiße!

Schnell schaute ich weg, bekam aber noch mit, wie sie sich breitbeinig auf seinem Schoß rekelte. Und das alles ohne Slip! Mein Kopf war wie leergefegt, bis auf eines: NEIN!, was sogar den widerlichen Bass übertönte. Mein Magen rebellierte. Dabei war das nur das Ergebnis. All diese Eindrücke wollte, nein, musste ich loswerden, also stand ich kurz davor, mich zu übergeben. Und als seine Hand sich zu ihrem Oberschenkel vortastete und ihre Wanderung nach oben begann, war es endgültig vorbei.

Die Tränen fielen nicht mehr einzeln, sondern bestürmten mich mit der Neuauflage der Sintflut.

Ich sprang auf, wurde aber umgehend von einem ziemlich betrunkenen Kerl angerempelt, oder war es andersrum? Egal! Auf jeden Fall grinste er mich im Vorbeilaufen an und pfiff mir nach, als ich zur Haustür stürmte.

Ich musste hier raus, verdammt! So schnell wie möglich. Weg hier! Es war eine miese Idee gewesen, hierherzukommen! Ich hätte wissen müssen, dass Eva versuchen würde, mich fertigzumachen.

Und dass er sich neben *sie* setzte. Und dass er *sie* küsste und dass … Wir waren ja schließlich in der Öffentlichkeit und er war wütend auf mich! Ich brauchte meinen Mantel!

Die blöde weiße Federboa, die sich kunstvoll um meinen Körper schmiegte, fühlte sich sowieso total daneben an! Warum hatte ich mich nur von Vivi dazu überreden lassen, so etwas Freizügiges anzuziehen? VON WEGEN TRUTHAHN! Darunter nur ein schwarzes Glitzerbustier und die engste schwarze Lackhotpants, die ich je getragen hatte!

War doch klar, dass Tristan ausflippen würde, wenn ich meinen Körper so offenherzig präsentierte! Oder wieso war er sonst so sauer?

Die Tränen rannen weiterhin ungehindert, während ich mir das blöde Federteil vom Körper riss und es in den Flur schmiss. Dann schnappte ich mir meinen Mantel. Kurz darauf hielt ich mein brennendes Gesicht in die kühle Luft.

Gut. Nicht viel, aber etwas Erleichterung. Auch wenn die blöden Tränen gerade zur nächsten Sintflut aufriefen und zu allem Überfluss auch noch unkontrolliertes Geschluchze einsetzte.

Doch als ich den Parkplatz überqueren wollte, packte mich jemand am Arm.

Drei Dinge passierten: Das Schluchzen wurde stärker, die Tränen gingen zur dritten Sintflut über (von wegen alle 3.000 Jahre) und ich wollte mich in seine Arme werfen. Flüchtig.

Dann begann ich jedoch, gegen seinen Griff anzukämpfen. *Gut, für ihn war ich offenbar wieder der Fußabtreter, aber dann sollte er mich immer so behandeln und nicht ausschließlich dann, wenn es ihm in den Kram passte. Mir zur Krönung noch hinterherzulaufen machte das Ganze noch schlimmer.*

»Lass mich los!« Das kam ein bisschen verheult, aber trotzdem überzeugend.

»Stopp jetzt!«, knurrte er düster und absolut nicht hysterisch.

Er riss mich herum und ich prallte gegen irgendein unschuldiges Auto. Und, oh Gott, da war immer noch diese Wut in seinem Blick. Ich konnte zwar wegen meiner Tränen kaum etwas erkennen, aber die war deutlich und nicht zu leugnen.

»Hör zu!«, knurrte er, noch ein bisschen dumpfer. »Irgendwie muss ich doch verdammt nochmal weitermachen! Du willst mich schließlich nicht mehr, aber Eva schon!«

Ich weiß nicht, was mich dazu befähigte, aber ich brachte es echt auf ein humorloses Lachen (mit Schluchzen untermalt).

»Ja! Mach doch! Ich halte dich nicht auf! Wir haben es doch so ausgemacht! Aber dass ich danebensitze, während du sie trockenfickst, kannst du ja wohl kaum von mir verlangen! Oder ist das deine Rache für Martin? Dafür, dass ich weiterlebe?«

Er antwortete nicht, hielt mich noch immer am Arm, seine Lippen waren nur noch ein schmaler Strich und die geliebten Augen funkelten vor Zorn. »Tja! Keine Antwort ist auch eine, nicht wahr?«

Die Stimmung kippte … immer weiter ...

Wie es geschah, wusste ich nicht. Doch als ich erneut anhob, klang ich ruhig, fast schon resigniert. All die Hysterie war verschwunden. »Vergiss es, Tristan. Die Party ist für mich gelaufen! Lass mich los, okay?«

Trocken lachte er auf. »Die verdammte Party war schon in dem Moment gelaufen, als ich dich in diesem FETZEN da sitzen sah!« Mein Mantel war irgendwie aufgegangen und er hakte den Finger unter den Saum meines Tops, das wirklich gerade mal so meine Brüste verhüllte. Schmerzhaft ließ er es gegen meine Haut schnalzen. Sein Blick brannte vor Besitzgier und Eifersucht.

»Sieh mich nicht so an!«, schrie ich wütend, weil das Schnalzding echt wehgetan hatte und weil mich dieser Blick nicht klar denken ließ und bedeckte meine Brüste. Doch seine Mundwinkel zuckten, und irgendwie musste ich auch lachen. Irre Mischung.

»Wie denn, Miss Angel?«, erkundigte er sich geradezu höflich.

»Und wage es nicht, jetzt auch noch diese Stimme zu benutzen!«, giftete ich weiter, während diese verdammte Gänsehaut zurückkehrte. »Du spielst falsch! Und überhaupt … du bist gar nicht verkleidet!«

Das brachte ihn wirklich zum Lachen. Offen, befreit, natürlich. Und nichts war schöner.

Überheblich schmunzelnd und somit atemberaubend, trat er einen Schritt zurück und öffnete seine Lederjacke. Auf dem schwarzen engen Shirt stand in knallroten Buchstaben jenes eine Wort, das ihn perfekt beschrieb, und ein Zusatz: Mia-Baby´s SEXGOTT. Um ein Sexgott zu sein musste er sich nicht verkleiden, nein, er musste tatsächlich einfach nur Tristan sein. Und es war meiner!

Was blieb mir anderes übrig?

Zögernd trat ich einen Schritt an ihn ran, womit wir uns schon wieder ziemlich nah waren, und lehnte meine Stirn an seine Brust. »Ich kann das nicht länger mitmachen ...«

Seufzend umarmte er mich und streichelte mein Haar. »Ich weiß ...« Sein Kinn ruhte auf meinem Kopf und mir wurde bewusst, dass ich endlich wieder in seinen Armen lag. Zu Hause ...

Oh Tristan … das ist doch schon alles, was ich will. Wieso muss es dann so schwer sein, dahin zu kommen?, dachte ich bei mir. Wieder machte sich dieses verräterische Brennen in meinen Augen breit.

Hoffentlich nicht, um die nächste Sintflut anzukündigen.

Eva … Das Video … Die Trennung ...

»Was sollen wir nur tun … Ich ...«

»Shhh …« Er löste sich von mir, nahm aber dafür meine Hand »Komm, Baby ...«

»Was?« Natürlich folgte ich ihm, wenn auch ziemlich verwirrt.

Mein Mund klappte auf, als wir vor seinem Auto am Rande des Parkplatzes stehen blieben, und mein Herz setzte ein paar Schläge aus …

Er würde doch nicht … Wir würden doch nicht …? Er öffnete die hintere Tür, dann schlüpfte er ins Auto und zog mich auf seinen Schoß.

Oh Gott! Er WÜRDE!

***

Mia, kann wegen akuter Errötung erst mal nicht weiter erzählen und muss sich etwas frisch machen … So lange …

Werbung …

Der A.P.P. Verlag oder … wir wollen nur eure Seele stellt vor …

Urteil: Leben. Hoffnung: Bewegend, ehrlich und mit einem genialen Therapeuten, von dem ich (Don Both) selber regelmäßig Sitzungen erhalte und ohne die ich bereits vom nächsten Mount Everest gesprungen wäre … Wenn sie auf wahre Freundschaft, tiefe Gefühle stehen oder wenn sie sich vor lachen gerne auf dem Boden krümmen, lesen sie Urteil Leben. Das Schmuckstück unter unseren Werken. Danach besuchen sie Kera Jung bei Facebook und stellen ihr die unmöglichsten Fragen. Sie wird sich freuen. Versprochen!

https://www.facebook.com/pages/Kera-Jung/107377139457014?fref=ts

Sie mögen es, wenn nicht alles so einfach ist wie es auf den ersten Blick scheint. Sie wollen eine neue Serie fürs Kopfkino … Absolut heiße Kerle, Intrigen, Thriller, eine neue Welt … aber vor allem tabulose Erotik.

Schauen sie im Tower vorbei ... wenn Sie sich trauen ;)

http://www.amazon.de/Mad-Love-Tower-Don-Both-ebook/dp/B00JJTHMEA/ref=sr_1_1?s=digital-text&ie=UTF8&qid=1406805077&sr=1-1&keywords=mad+love

http://www.amazon.de/Sophias-Dreams-Tower-Kera-Jung-ebook/dp/B00LGUV7FK/ref=sr_1_1?s=digital-text&ie=UTF8&qid=1406805137&sr=1-1&keywords=sophias+dreams

Sie wollen die etwas andere Liebesgeschichte lesen? Sie stehen auf Traummänner und schusslige Hauptdarstellerinnen. Sie lachen gerne? Sie werden gerne schockiert? Einmal Anya Omah anklicken und in die Welt ihrer gefühlvollen Bücher eintauchen ...

http://www.amazon.de/Gespaltene-Sehnsucht-Anya-Omah-ebook/dp/B00KFRQKHK/ref=sr_1_1?s=digital-text&ie=UTF8&qid=1406805289&sr=1-1&keywords=gespaltene+sehnsucht

Sie wollen mit Leidensgenossen über die Tristan-Sucht sprechen? Sich über Zitate austauschen, zusammen heulen, lachen und den Sexgott ehren? Alle Tristomaniacs haben sich hier versammelt um min. einmal täglich gemeinsam das »Tristan unser« zu beten und ihn auf sonstige Arten zu huldigen.

https://www.facebook.com/groups/647381795301552/?fref=ts

Der etwas andere erotische Roman. Bewunderung die zur Obsession wird ... Ein Spiel bei dem sich die Regeln ändern und das Sie absolut atemlos zurücklassen wird ... Das ist »Watch me« der Debütroman von Mari Jansson und ein sinnliches Highlight dieses Jahr. Erscheint am 08.08.14!

DÜ, DÜ, DÜ WERBUNG ENDE

Weiter im Programm …

Both (musste während der Pause Tristan ständig davon abhalten über Mia herzufallen und ist etwas außer Puste *augenrollend*): *Tristan, jetzt, nachdem du Mia fast vor meinen Augen geschändet hast, erzähl doch mal deine Sichtweise. Ich finde es immer interessant zu wissen, was in euch beiden vorgeht … Was denkst du dir dabei, Mia mit Eva eifersüchtig zu machen?*

Tristan: *Oh man … es war der blanke Horror die Alte abzuschlabbern! Reicht? Nicht? Fuck, okay!*

Also:

***

FUCK! Ein Wort – ein Universum!

Selten hatte ich mein Leben so sehr verflucht wie an diesem Abend. Allein die Vorstellung, zu diesem beschissenen Kostümzauber hinlatschen zu müssen, ließ meinen Ficker ins Koma fallen.

Wenn es nach mir gegangen wäre, hätte ich mir eine anständige Dröhnung verpasst … und mir Mia geschnappt, natürlich. Aber mich fragte ja keiner.

Wenn die Diva rief, hatte Trisi – Sekunde, ich muss ne Runde kotzen – zu folgen, wie ein verschissener Chihuahua.

Das Einzige, was mich einigermaßen beruhigte: Ich hatte einen Plan. Eva Eber ignorieren, Mia-Baby stalken. Denn natürlich hatte mir Vivi gesteckt, dass Mia sich auf dem Kostümschreck aufhalten würde ...

Doch ab dem Moment, als ich die verfickte, mit *Kürbissen* geschmückte und mit *Technoklängen* durchwobene Wohnung betrat, wusste ich, dass ich einen beschissenen Fehler beging. Ein paar »HEEEY! TRISTAN! HEEEY! HIIIII! AAAAHH! TRIIISTAAAAN! YEAH, TRISTAN IST DAAA« und »Hey Alter, hast du was dabei?« später erreichte ich, nach einer gefühlten Weltreise, das beknackte Wohnzimmer, nur, um wie vom verdammten Blitz getroffen stehen zu bleiben.

Zunächst bemerkte ich sie. Natürlich! Das Gesicht strahlend schön – warum war mir das in all den Jahren nur nie aufgefallen? Die Augen so leuchtend, die Lippen kirschig, die Pussy … Ah, verdammtes Kopfkino …

***

Kurze geflüsterte Anmerkung von Both: *Leute, das müsst ihr euch reinziehen … Tristan Wrangler mit verträumten Gesichtsausdruck, funkelnden Augen und einem Seufzen auf den Lippen … völlig zerflossen auf der Couch …*

Tristan (schießt hoch – wird sogar rot, hihi): *Boah, du alte Verräterin. Wenn du mich verscheißern willst, such dir jemand anderen für dein verschissenes Interview.*

Both: *Okay, okay, ich bin ganz still. Würdest du uns die Ehre erweisen, weiterzuerzählen, oh edler Sexgott?*

Tristan: (*zündet sich eine Kippe an und verdreht die Augen*) *Verarschen kann ich mich alleine. Also, wo war ich? Ah, ja..*

***

Ihre Klamotten, oh fuck. Die waren tödlich. Man konnte alles sehen. Wirklich alles. Ich konnte meinen Blick nicht von ihr nehmen, während ich versuchte zu erraten, was sie darstellen sollte. Definitiv keine Katze, keine Hure, keine Stripperbraut, keine Prinzessin …. (*Belle: füll weiter aus, ich werd rammdösig …*).

Stattdessen hatte sie so ein Federgestrüpp um den Hals, so ein Stripperboa-Ding, und darunter trug sie nichts weiter als einen schwarzen Fetzenstreifen quer um die Titten, aber der Oberkiller war die schwarze Hotpants … So, wie die glänzte, war es Lack. Ein Truthahn in Lack-Hotpants. Doch sie war fucking perfekt, angefangen bei ihren Titten, die mir ein freudiges HALLO-TRISTAN-sieh-was-dir-nicht-mehr-gehört entgegenschmetterten – ehrlich, das war lauter als die verdammten Technoklänge … Und sicher konnte den Ruf auch kein anderer Penner überhören, wie sie da so sexy und wunderschön auf der Couch saß und … *mit Eva quatschte*!

Hingehen, sie in meine Arme ziehen, küssen und kurz darauf besinnungslos ficken – so ungefähr gestaltete sich der Ablaufplan für den zuvor noch total versauten Abend. Eigentlich! Ficken übrigens, *nachdem* wir gegangen waren. Noch mal würde mir so etwas wie auf der Strandparty nicht passieren!

Aber dann fiel mein Blick auf DAS GRAUEN neben Mia!

Diesmal in einem lächerlichen weißen Bettlaken, das sie um ihren Körper halb gewollt und nicht gekonnt gewickelt hatte – ohne Scheiß jetzt. Das Teil hatte ich schon mal auf ihrem Bett gesehen.

Ihre Frisur wirkte, als hätte sie ihre Haare erst in einen Mähdrescher gepackt; die paar, die dann überlebt hatten, wollten offensichtlich von ihrem Kopf fliehen. Deswegen musste sie dann alles mit zehn Dosen Haarspray fixiert haben und fertig war der Horror. Die darunterliegende Visage wiederum erinnerte spontan an einen der überall aufgestellten Kürbisse. Nur das Hineinschneiden der Fratze konnte sie sich sparen. Die trug sie permanent zur Schau. Verfickt gruselig!

Noch gruseliger: Mein Fickplan für den Abend war Geschichte.

Am gruseligsten: Ich musste Mr. Loverboy spielen. Für die Falsche.

Also schlenderte ich vermeintlich locker auf sie zu und ließ dabei Mia nicht aus den Augen. Komisch, die hätte meinen Baby-du-bist-so-im-Arsch-Blick-fühlen müssen, war aber wohl zu vertieft in das kleine »Gespräch« mit dem Brot. Kurzerhand schmiss ich mich dazu und verfiel in meine selbstauferlegte Rolle des Arschlochs. Und sie musste zusehen, verdammte Scheiße! Oh ja!

Immer noch in diesem verdammt sexy verbotenen Fuckoutfit, so göttlich, dass mein Ficker sich schon wieder in ihre Richtung streckte, nahm ich mir Eva vor.

War es Rache für ihren Aufzug? Klar!

Und wieder riss ich ihr das Herz aus der Brust, und wieder versagte ich, wieder war ich ein Schwein und wieder und wieder … und wieder ...

Yeah …

Als ich die Augen aufschlug, sah ich sie gerade noch hinausrennen. Tränenüberströmt.

Scheiße!

Ich schob das Gruselding in meinen Armen beiseite und stürzte Mia, meinem Engel, nach.

Was ich dachte? Nichts.

Was ich wollte? Nichts! Alles! Keine verfickte Ahnung!

Mir ging nur durch den Kopf: *Haltet die Welt an, ich will*

aussteigen! Mit ihr! SOFORT! Und bitte! Macht, dass sie mir nicht endlich doch in den Arsch tritt! Verdammt nochmal!

Sie trat mir nicht in den Arsch.

Mia gehörte mir, ich gehörte Mia. Es war Zeit, endlich wieder den verdammten Tatsachen in die Glupscher zu sehen. Sie weigerte sich, doch ein gewisser Blick - EIN EINZIGER - genügte, um sie zurückzuholen. Zu mir.

Als sie zaghaft auf mich zutrat, konnte ich nicht anders, als sie an mich zu ziehen. Mia zu halten, wenn sie es brauchte, war mir in Fleisch und Blut übergegangen, beinahe ein Urinstinkt. Als ich ihren weichen Traum-Mia-Baby-Körper an meinem spürte - widerlich, dieses dürre Gespenst mit dem Laken! –, ich schwöre, ich hätte alles dafür gegeben, um sie für immer verdammt nochmal genau so halten zu können.

Okay, nicht ausschließlich so. Der Grundgedanke: sie nie wieder gehen lassen. Sie bei mir zu haben, am Besten unter mir. IMMER! Toller Gedanke, oh, ich mochte ihn fucking nochmal sehr. Nur leider war er nicht durchführbar.

Ich wollte hier verdammt nochmal einfach nur fort. Nicht unbedingt weg von diesem Ort, eher weg von der Gesamtsituation.

Die ultimative Flucht, mental durchgeführt, eintausend Mal besser, als wirklich davonzulaufen.

Flüchten, in das Heim, das mir nur ein Mensch auf dieser verseuchten Welt bereiten konnte.

Es war warm, es war feucht und es war verdammt perfekt.

Dorthin und aufatmen – das war es, was ich wollte.

Schon seit Tagen ...

Feige? Yeah!

Aber nichts anderes fiel mir ein!

***

Tristan (grinst Mia auf die übelste, dreckigste und atemberaubendste Art an, auf die ein Mann grinsen kann, und fordert samten): *Jetzt, erzähl du weiter, Baby …*

***

Die Tür knallte hinter uns zu.

Hier im Auto war es wärmer als draußen, wahrscheinlich, weil er gerade erst gekommen war. Also mit dem Wagen hierher, nicht das andere.

Dann waren seine schönen Hände in meinen Haaren und seine perfekten Lippen auf meinen.

Wie selbstverständlich stöhnte ich und rieb mich über die größer werdende Delle in seiner Hose. »Wollten wir nicht … eigentlich ... äähhh … verfrühte Halloweenparty?«, keuchte ich verwirrt und abgehackt, während sein Mund sich an meinem Hals hinabküsste.

»Nope!«

»Was?«

»Ich wollte dich dort nur treffen und jetzt halt die Klappe, Baby!« Bestimmt zog er wieder meinen Kopf herab, überfiel mich mit seidiger Zunge, weichen Lippen, fordernden Berührungen. Und ehe ich mich versah, hatte er das Oberteil/BH/Ding/Top über meine Brüste hochgeschoben.

»Gooooottt!« Ich bog den Rücken durch. Womit er perfekten Zugang zu meinen Brustwarzen fand, die nun schutzlos der kühlen Luft und seiner nassen, schmeichelnden Zunge ausgesetzt waren. Verzweifelt krallte ich mich an seinen Schultern fest, konnte nicht glauben, was geschah und bewegte mich, der Lust hilflos ausgeliefert, an ihm. Was ihn zu meinem geliebten Stöhnen trieb. Tief und verlangend. Es ging mir durch Mark und Knochen.

Im nächsten Moment packte er mich an den Hüften und wirbelte mich herum, sodass ich auf der Rückbank zum Liegen kam. Eines meiner Beine hing herab.

Mit lodernden Augen scannte er mich – tief und eingehend!

Von oben bis unten und wieder hoch – langsam, begehrend und verzehrend.

Dieser Blickfick war wie eine ganz besondere Droge für mich …

und ich war auf kaltem Entzug. Denn durch nichts anderes fühlte ich mich gleichzeitig so verwundbar und doch so beschützt und begehrt.

Dann grinste er … fies, böse, dunkel – ich kam fast, allein wegen dieses dämonischen Mannes mit den visuellen Zauberkünsten. Er liebte es, wenn ich ihm schutzlos ausgeliefert war, mit entblößten Brüsten und hämmerndem Herzen.

»Besser als jede verdammte Fantasie ...« Seine Hände nahmen meine Oberweite, kneteten sie, seine Daumen schnellten über meine aufgestellten Nippel. Stöhnend wand ich mich, versuchte mit wachsender Besessenheit, ein Bein um seine Hüften zu schlingen und ihn näher zu mir herabzuziehen.

Ich brauchte ihn …

Voll und ganz … hart und groß … in mir!

JETZT ENDLICH!

Doch Tristan Sexy … wäre nicht Tristan Sexy … hätte er nicht seine Chance genutzt, mich auf seine Lieblingsart zu foltern. Mich immer noch fixierend schüttelte er den Kopf und begann gleichzeitig mit seinen langen, talentierten Fingern langsam und zart über den dünnen Stoff meiner Hotpants zu streichen.

Hoch

und

runter.

Hoch

und

runter.

Immer wieder, ohne mich aus seinen Augen zu lassen. Meine Erregung steigerte sich, ich wurde feuchter, nein, ich lief geradezu aus, während die Hitze sich wie ein Lauffeuer in mir ausbreitete. Mein Stöhnen füllte den Innenraum des Wagens. Mit einem zufriedenen Lächeln beugte er sich vor und wanderte mit seinen Lippen über meinen Bauch herab, was mich ein wenig zucken ließ, denn ich mochte es immer noch nicht. Seine Hände verhakten sich in den Bund meiner Hotpants - endlich!

Sehr konzentriert, mit einem fast schon schmerzverzerrten Ausdruck auf seinem schönen Gesicht, zog er den Stoff meine nackten Beine entlang, was aufgrund des steifen Stoffes nicht einfach war, und stülpte meine Hotpants über die Kopfstütze des Fahrersitzes. Die würde ich nie wieder bekommen, so viel war klar.

Als ich ihm mein Becken entgegenhob, bekam ich nur ein spitzbübisches Grinsen. Meinen Mantel hatte ich immer noch an. Aber da der offen und mein Oberkörper bis auf den hochgeschobenen Bustier nackt war, fühlte ich mich absolut präsentiert, aber gleichzeitig auch SO SEXY!

Er blähte die Nasenflügel, strich mit seinen Fingern über meine Schnecke, nur hauchzart, was mich zum Wimmern brachte. Unverhofft presste er die Lippen zusammen und drang mit zwei Fingern abrupt in mich ein. Dabei stöhnte er heiser und warf seinen Kopf in den Nacken, während meine Muskeln ihn gierig umschlossen und mehr wollten.

»Ahhh ich ...«

Vorbei!

Bei der nächsten geschickten Bewegung seinerseits rauschte ein Orgasmus epischen Ausmaßes völlig unerwartet über mich hinweg und ließ mich verschwitzt und atemlos zurück. Schockiert übrigens auch.

Mit zur Seite geneigtem Kopf und erstaunt hochgezogener Augenbraue musterte er mich einige Sekunden reglos. »Ooops«, war wohl das Einzige was ihm letztendlich einfiel, bevor er in schallendes Gelächter ausbrach. »*Das* war *so* nicht geplant!«

»Na ja ... Nicht jeder Mann kann von sich behaupten, eine Frau schon einmal aus Versehen zum Orgasmus gebracht zu haben ...« Trotz der postorgasmischen Nachwehen klang ich recht trocken.

»Ich bin eben nicht jeder.« Nun ganz auf sich konzentriert, öffnete er den Reißverschluss seiner Hose, endlich! Und befreite *ihn*! Doch er gab mir keine Chance, mich mit Händen und Lippen auf meinen Liebling zu stürzen. Denn schon zog er meine Hüften über den Rand der Rückbank, hielt seinen »Ficker« mit einer Hand und rieb sich träge an der Feuchtigkeit zwischen meinen Beinen …

»Oder, Baby?«

Dabei legte er natürlich wieder den Kopf schief und schwelgte in dem Anblick, der sich ihm bot.

Es brachte mich um, dass er es immer noch hinauszögerte, so nah am Ziel ...

»TRISTAN! MACH!« Ja! Jetzt war ich wirklich wütend, aber vor allem ungeduldig. Die Zeit für Gespräche war vorbei!

Und er folgte meiner Aufforderung. Einfach so. Unversehens war er in mir, packte meine Oberschenkel und … fickte … mich. Nicht schnell und wild, sondern langsam und kontrolliert. Dabei ließ er mich nicht aus den Augen, genoss meinen Körper, was er wahrnahm und spürte, als würde er einen erotischen Traum erleben, und ich war mit ihm in diesem gefangen.

Kurz: Sein Shirt-Aufdruck war Programm.

Immer lauter hallte mein Stöhnen; an immer neuen, scheinbar besser geeigneten Dingen klammerte ich mich fest.

Leider blieb auch der Türgriff irgendwann nicht verschont. Verschwommen, wie durch meterdicke Stofflagen dichten Nebels, bemerkte ich, dass die Wagentür aufglitt. Kühle Luft traf auf meine erhitzte Haut.

Tristan lehnte sich halb glucksend, halb stöhnend (weil er dabei den Winkel änderte) über mich, um sie wieder zu schließen. Dabei bewegte er sich unentwegt in mir weiter ... Gott … und wo er schon mal über mich gebeugt war, küsste er mich auch gleich, während er sich mit beiden Händen über mir an der Tür abstützte und mich in den sexten Himmel beförderte.

Sein Atem in meinem Mund, sein Stöhnen in meinen Ohren, seine Lippen auf meinen, sein Ficker – tief in mir.

Das war es … Dafür würde ich sterben.

Und kommen ...

Wobei ich wirklich gruslige Halloween-Stöhn-Geräusche von mir gab, die Tristan aber dazu brachten, sich schließlich mit einem »FUCK, MIA!«, aufzurichten und den Kopf, in totaler Ekstase gefangen, zurückzuwerfen.

Alle Zurückhaltung gab er auf, folgte ganz seinen Bedürfnissen und versenkte sich immer wieder tief in mir, als wäre es das erste Mal. Sein Orgasmus schien nicht enden zu wollen. Doch irgendwann entspannte er sich und betrachte mich mit erstaunlich friedlicher Miene.

»Schöne Sauerei, hm?« Grinsend und überhaupt nicht schuldbewusst sah er zwischen meine Beine und zog sich zurück. Mein Kichern blieb mir im Hals stecken, als er seine Lippen auf meine Stirn presste … *Oh Tristan* … Fest umarmte ich ihn und durch uns beide ging ein synchroner Seufzer.

Und das war es … Dafür nahm ich all das auf mich, und würde es immer tun.

Gott, ich war Gelee in seinen Armen, eine glückliche, süße, wabblige Masse.

Es war perfekt … Für jetzt!

Fickerfegefeuer

Both: *Natürlich fragen sich die Leser auch, was ihr die letzten, glücklichen Tage vor dem Worst-Case-Szenario, also am Ende von »Reloaded«, so getrieben habt … Tristan? Möchtest du?*

Tristan: *Klar … Dafür habe ich ein verdammtes Wort, um das zu beschreiben: Fickerfegefeuer ...*

***

Sie war so fucking schön …

Nie wieder wollte ich sie gehen lassen. Egal, was sonst so ablief.

Mir fucking – scheiß – egal.

Ich würde mit ihr hierbleiben, die Tür verbarrikadieren, hin und wieder mal losstürzen, um Fressnachschub zu holen – sie derweil knebeln und fesseln, damit sie nicht doch noch stiften ging, und einfach fucking glücklich sein.

Fuck!

Ich war krank!

Liebestoll?

***

Don: *WAS?*

Tristan: *Yeah, leb damit, ich steh dazu. Kann ich jetzt weitererzählen oder hast du vor, mich wegen jedem Scheiß zu unterbrechen?*

Don legt die Finger an die Lippen, tut, als würde sie diese abschließen und den Schlüssel wegwerfen, was ihr ein entnervtes Augenrollen von Tristan einbringt.

***

Kurzum, ich war völlig im Arsch, gar nicht mehr ich selbst. Da tauchten Worte in meinem Schädel auf, die ich bisher weder gedacht noch ausgesprochen hatte. Aber wie sie hier in meinem Bett lag, einen Arm über ihr Gesicht gelegt, nackt … die Decke reichte gerade mal bis zu ihrer ausgeprägten Taille, und leise vor sich hin schnarchte, da konnte ich gar nicht anders.

Sie war ein Bild für die Götter. Sie war meine Göttin!

Ich hatte keine Ahnung, wie lange ich sie anstarrte, ich tat es einfach nur. Irgendwann warf sie sich seufzend auf die andere Seite und drehte mir den Rücken zu. Ihre cremige kleine Schulter, ihr verletzlicher Nacken, ihre geschwungene Seite … Den Ansatz ihres …

Oh fuck …

Langsam rutschte ich zu ihr und strich träge über ihre Kurven nach oben, bis nach vorne zu ihren Brüsten.

»Hmmm«, summte sie. Eindeutig verschlafen und niedlich rieb sie ihren kleinen, süßen Götterarsch an mir und brachte mich dazu, die Zähne zusammenzubeißen.

»Tristaaan ...« Halb gestöhnt, halb gegähnt nuschelte sie meinen Namen, hob aber dann einladend die Decke, damit ich zu ihr hinunterschlüpfen konnte.

Was für ein Angebot!

Als Gentleman ließ ich mich nicht zweimal bitten. Bestimmend griff ich ihr Knie, öffnete ihre Beine, bewegte meine Hüften und befand mich umgehend im Himmel.

Ein unnormales Zischen ihrerseits katapultierte mich aber leider sofort wieder ins Hier und Jetzt. Sofort erstarrte ich. »Baby?« Besorgt strich ich ihr das Haar aus dem Nacken und hielt vor Anspannung die Luft an, um mich nicht in dem Gefühl von ihr um mich herum zu verlieren.

Sie sagte nur ein Wort und das konnte ich nicht tolerieren. Nicht in *diesem* Zusammenhang und schon gar nicht aus *diesem* Mund!

»Autsch!«

Zu allem Überfluss umklammerte sie auch noch meine Hand – HART! –, damit ich sie an ihrer Hüfte nicht weiter an mich presste.

FUCK! Mit einem Fluchen zog ich mich zurück und wusste, der Tag war gelaufen.

Ein paar Stunden später

Ratet mal, wo wir lagen?

Auf der COUCH.

Im WOHNZIMMER!

Einschließlich Plüschkissen!

Yeah!

– Ge –

NAU!

Weil nämlich ALLE ausgeflogen waren.

Perfekt!

Geile Scheiße!

Irgendein bescheuerter Campingtripp!

Hmmm ...

Sogar mein Dad war dabei.

MIT Zelt!

Und Kochausrüstung und VIER Pfadpfindermessern. (Tom durfte meines mitnehmen, als Ersatz.)

Deswegen hatten Mia und ich absolut STURMFREI!

Und scheiße, war das hammergeil, denn meine kleine Göttin lief den lieben langen Tag in nichts weiter rum, als in einem meiner Unterhemden. Und ich muss ja wohl nicht betonen, wie oft ich sie etwas aus den oberen Küchenschränken holen ließ oder sie die Wii nochmal anstöpseln sollte (und sich dafür bücken musste), weil die einen plötzlichen Wackelkontakt hatte. Oder wie oft sie mir in dieser Nacht schon mit ihrem genialen Mund die heißesten Dinge angetan hatte. Mein Ficker befand sich in einem einzigen Glückstaumel. Und ich häng ja an dem dran, von daher ging es mir nicht anders.

Doch heute Früh war Schicht im Schacht, Schluss mit Lustig, denn mein Fick-Paradies wurde unerwartet zerstört. Übrig blieb die Spannerhölle.

Mia war anatomisch … hm … LEICHT angeschlagen. Ich aber nicht. Mein Ficker war in keiner Gewerkschaft, konnte rund um die Uhr Überstunden schieben und murrte nicht wegen einem Sondereinsatz. Schon gar nicht, wenn es um Mias Pussy ging. Der war er ja gnadenlos verfallen. Leider musste ihr Durchhaltevermögen noch ausgebaut werden. Vermutlich hatten wir es mit dem Training wirklich übertrieben. So oder so bedeutete das für mich und meinen Ficker etwas fast Unmögliches: Ich musste ihr widerstehen.

ICH!

MIA!

ALLEIN!

AUF DEM SOFA!

IM WOHNZIMMER!

MIT PLÜSCHKISSEN!

OHNE SEX!

Das war das absolute Ober-Worst-Case-Szenario – die apokalyptische Situation, eine Katastrophe verheerenden Ausmaßes. In meiner Hilflosigkeit googelte ich erst einmal, wie lange eine solche körperliche Einschränkung denn dauern kann – kurzum: zu lange – und ob es für einen derartigen Ausnahmezustand einen Notfallplan gab.

Fazit: »Kein Sex. Einen Tag lang. Bis die verdammte Sonne ihren Arsch über die Kante schiebt.«

GENIAL! Ehrlich!

Fuck!!!

Mia kam mit einer Tasse Tee aus der Küche zurück, und ich versuchte schnell, meine Angepisstheit aus dem Gesicht zu wischen. Leise lachend, wieso auch immer, gab sie mir einen kleinen Kuss, sollte wohl beruhigend wirken der Scheiß. HAHA!

Nur lehnte sie sich dazu ziemlich weit vor – was so gar nicht beruhigend wirkte, sondern eher fucking sexy! – und ich durfte ihre Hammertitten auch noch von GANZ nah bewundern.

Ehrlich! Ich bemitleidete mich zum gefühlt tausendsten Mal und verfluchte meine Degradierung zum Spanner. Das Leben war im Moment so richtig scheiße, oder wenn man es genau nahm: hart.

Wie ich insgesamt.

Neueste Erkenntnis: Der Ficker bringt es ohne Viagra auf vier Stunden Dauerstehen am Stück! Den Rest gab mir jedoch Mia, denn sie brachte mich eben mal beinahe komplett um, indem sie sich wie selbstverständlich seitlich auf meinen Schoß setzte und es sich dort auf meinen Schneidersitzbeinen richtig gemütlich machte.

Dafür hätte ich sie ja glatt schon wieder ficken können, sofern es ein wieder gegeben hätte. DURFTE ICH ABER NICHT – Scheißleben! Dann fuhr sie weiter mit Joshi und stürzte ständig bei der Regenbogenbahn oder in Warriors Mine in die Tiefe. Natürlich flippte sie jedes Mal so fucking süß aus, dass ich vom Lachen am Abend sicher eine weitere Reihe Sixpacks dazubekommen haben würde.

Dabei lehnte sie sich in jede fucking Kurve, wand sich also praktisch auf meinem armen, heulenden Schwanz, als gäbe es kein Fegefeuer für unterfickte kleine Ficker.

Irgendwann hielt ich es einfach nicht mehr aus und hob sie von mir runter. Ziemlich unsanft schmiss ich sie auf die Couch, was sie schockiert aufkeuchen ließ. Doch ich war schon aufgesprungen, strich mir mit beiden Händen durch die Haare und versuchte sie bloß nicht anzusehen, während sie anfing zu kichern ...

Wie konnte ich sie nur ablenken, verdammt?

Noch zwei Minuten – fuck, okay, eine halbe – und ich würde sie über die Couchlehne werfen und meinen Schwanz aus der Hölle DIREKT in MEIN Paradies befördern. Und wenn ich sie dann für den Rest des Tages mit Arschcreme behandeln müsste, so wäre mir das scheißegal.

Aber ...

Ich war ja ein Gentleman, daher ...

»Beauty!«, rief ich und das klang wirklich ziemlich weibisch. Mit anderen Worten: Meine Verwandlung zum Eunuchen hatte bereits begonnen. Fuck! Sie sah mich an, als wäre ich noch verrückter als dies sowieso schon der Fall war.

»Beauty?«

»Yeah! Ihr Frauen steht doch auf so was! Machen wir uns Masken ... und so ...!« Hauptsache sie polierte mit ihrem Arsch nicht mehr meinen Schoß und kam mir auch sonst nicht zu Nahe.

Keine Ahnung, wie ich den heutigen Tag sonst überstehen sollte!

Kurz darauf drängte sich mir unweigerlich die verfickte Frage auf, wieso ich eigentlich kein Essen daheim hatte, mit dem sie mich NICHT um den Verstand bringen konnte, wenn sie es absolut losgelöst und offenherzig futterte.

Beautytag. Das hieß:

Masken. Obst, Gemüse – Früchte im Allgemeinen, Ölmassagen und Nagellack.

Oder in Fickersprache: Fickerfegefeuer reloaded!

Ich hatte ja keine Ahnung, was ich da lostrat, als ich ihr zur ABLENKUNG einen verdammten Beautytag vorschlug, denn … also … das Shirt ließ sie immer noch an.

Gemeinsam machten wir uns auf die Suche nach sämtlichem Zeug, was man dafür benötigen könnte – ich bereute es bereits mehr als vermutet, obwohl ich auch das Gefühl hatte, mein Östrogenspiegel würde extrem ansteigen. Also konnte es nur eine Frage der Zeit sein, bis ich es fucking toll fand. Irgendwann fanden wir alles und ich werde niemals sagen, wo. Selbst unter Todesstrafe oder Folter … Es wird für immer ein Geheimnis bleiben. Nur Soviel: Es gab tatsächlich jemanden in unserer Familie, der so eitel war, dass er sich diese Scheiße einmal wöchentlich ins Gesicht klatschte. Und die STANK bestialisch!

Jedenfalls waren wir irgendwann ziemlich zugekleistert und ich bildete mir ein, ein wenig … ›entspannter‹ zu sein. Vermutlich hatten jetzt die Östrogene ihren Auftritt. Oder es lag schlicht und ergreifend daran, dass, wenn Mia wie Shrek aussah, mein Ficker doch unmöglich konnte … oder? Oder? ODER?

Schließlich gab es für alles Grenzen, und er war fucking wählerisch, wie ich aus zuverlässigen Quellen wusste! Von wegen wählerisch, der verdammte Penner.

Mein Ficker *liebte* Shrek – musste mir bislang wohl entgangen sein.

Gut. Dann eben anders. Fingernägel lackieren. Jawohl! Ich – Tristan Wrangler – lackierte meinem Mädchen die Nägel mit verdammtem, stinkenden Lack. (Irgendwo in Tommys Bad gefunden – Farbe lila), schließlich musste ich mich ja nur auf ihre Hände konzentrieren, oder?

Von wegen! PUSTEKUCHEN!

Denn dabei saß sie im Schneidersitz vor mir auf der Couch und beugte sich auch noch ein bisschen vor, sodass ich gleich ZWEI perfekten Ausblicken ausgesetzt wurde: einmal auf ihre Hammertitten und dann auch noch auf mein persönliches Paradies ... und FUCK der Nagellack landete überall, nur nicht dort, wo er hingehörte, während Mia sich köstlich über mich amüsierte.

»Tristan, wieso zittern deine Hände eigentlich so? Du wirkst so verschwitzt? Irgendwie gestresst, was ist denn los, Baby?«

Und das alles kam in so einer flötenden Singsangstimme. Mit anderen Worten, sie wusste genau, was sie mir antat, machte es mit voller Absicht, dieses Luder. Doch ich konnte es ihr kein Stück übel nehmen, weil sie dabei lächelte und glücklich war. Und was Mia glücklich machte, hat verdammt noch mal gut zu sein! Scheißegal, ob es mich gleichzeitig umbrachte.

Bei den Fingern blieb es nicht. Leider!

Warum auch? Es gab ja schließlich noch Fußnägel zum Verschandeln.

Und damit der kleine Trisi – der Idiot und notgeile Sack – auch bestens heranreichte, musste Mia-Baby die Füße AUSSTRECKEN!

Und dazu musste sie die Beine SPREIZEN.

Hatte ich eigentlich erwähnt, dass Mia-Baby, besonders in unserer Sturmfrei-Fick-Zeit, gern unten ohne herumlief? Nein? Denn bis dahin hatte ich davon keine Ahnung! Was sonst mein Himmel war, mutierte jetzt zum Albtraum. Also noch mehr ...

Um es kurz zu machen: ihre Zehen waren lila, ich glaub, zwei/dreimal habe ich versehentlich mal einen Nagel getroffen. Und mein Baby wurde mit jeder Sekunde glücklicher.

Weitere absolut dämliche Ablenkung:

Die Früchteplatte. Sicherheitsabstand auf der Couch. Wir beide im

Schneidersitz gegenüber.

Ich hatte ihr ein Kissen auf den Schoß gedrückt, aber nicht mit den BANANEN gerechnet! Mit den Trauben! DEN KIRSCHEN! Und den Erdbeeren. Und dem Saft, der auf ihr Dekolleté tropfte.

Gemüse gabs auch!

Schon mal gesehen, wie so eine Spargelstange in einen heißen Mund flutscht? Und wieder hinaus? Oder wie sich eine Karotte darin ausmacht? Was mein Mädchen mit ihrer Zunge anstellen konnte, war ja schon an meinem Schwanz fast eine Vergewaltigung der geilen Art. Aber die Früchte … diese armen Früchte! Die konnten ja nicht mal einen Orgasmus haben oder sich irgendwie erleichtern, als ihre Zunge wendig an ihnen leckte, ihre vollen Lippen eifrig saugten und ihre schneeweißen Zähne unschuldig knabberten.

Die taten mir fast so leid wie ich mir selbst.

Nebenbei erzählte sie mir irgendetwas, vielleicht von Stanley und so, aber ganz ehrlich. Ich hatte keine verdammte Ahnung WAS! Keinen Schimmer! Was sollte ich machen? Mein Blut wurde woanders dringender gebraucht. Nicht, dass ich darauf irgendeinen verfickten Einfluss hatte, denn ich wurde ja nicht gefragt – wurde ich schließlich nie –, sodass in meinem Hirn übelster Leerlauf herrschte.

***

Und so stand ich dann am Abend an meinem Fenster und Mia kam auf mich zu, wuselte sich unter meinen Arm, sodass ich sie an mich ziehen konnte und fragte mit einem verdächtig unschuldigen Kichern.

»Was tust du?«

»Ich betrachte den Sonnenuntergang.« Genau! Aber nicht, weil ich jetzt komplett meine Eier verloren hatte. OH NEIN! Innerlich hörte sich das nämlich so an: *Yeah*! *Komm schon, Sonne*! *Leg nen Zahn zu*! *Das kannst du doch schneller*! *Sonne* , *verpiss dich*! *Jetzt MACH*!

»Wie romantisch. Hätte ich dir gar nicht zugetraut«, gluckste sie, weil sie natürlich genau wusste, wieso und weshalb ich hier stand, halb tot und zerstört obendrein.

»Ja, ja … lach, solange du noch kannst ...« Ich küsste ihr Haar und flüsterte: »Weißt du eigentlich, was ich mit dir machen werde, sobald die ihren Arsch hinter den Berg da hinten schiebt? Nicht? Hm? Dachte ich mir …«

Ihr Atem stockte, als meine Hand gemächlich in ihren Nacken wanderte. »Ich werde dich hier packen ...« Sie erschauerte – heftig… »Und dich gegen diese Scheibe drücken. Auf der Stelle. Ohne Umwege ...« Ein leises Keuchen. Ich grinste böse. »Dann werde ich dieses dämliche Drecksshirt über deinen Arsch nach oben schieben und dich von hinten fingern – bis du fast kommst. Immer und immer wieder werde ich dich an deine Grenze treiben, ohne dich über die Klippe springen zu lassen. Bis du genau dasselbe fühlst wie ich den ganzen Tag.«

Und da war es! Ein kehliges, fucking heißes Stöhnen. Sie schmiegte sich enger an mich und vergrub ihr errötetes Gesicht an meiner Brust.

»Aber kannst du dich denn zurückhalten, gerade nach heute?«

»Oh Baby … du kennst mich anscheinend immer noch nicht, hm?«

Stille.

Noch mehr Stille.

Mia starb gerade einen kleinen heldenhaften Kopffick-Tod.

Ich musste mir das Lachen verkneifen.

»Und dann?«, ertönte es von irgendwo da unten an meiner Brust.

Yeah. Sie liebte eben meinen Dirty Talk und ich, sie damit wahnsinnig zu machen.

»Dann, Mia-Baby. Irgendwann in feeeeeeeeeeeerner Zukunft. Wenn du mich anschreist, mich verfluchst und vor Geilheit heulst, werde ich dich zu mir drehen, deinen kleinen sexy Arsch packen und hochheben, dich gegen die Scheibe drücken und ficken.

Aber glaube nicht, dass ich dich dann schon kommen lasse. Es tut mir ja wirklich total leid … für dich … so ungefähr, wie ich dir heute leidtat, als du in diesem dämlichen Fetzen vor mir rumgetänzelt bist und mich mit *Vorsatz* um den Verstand gebracht hast.«

Sie knurrte.

»Soll das eine Entschuldigung sein?«

»Würde es helfen?« Ihre Stimme glich immer noch einem Knurren.

Jetzt musste ich lachen.

»Natürlich nicht!«

»Hmpf ...«

»Schau mal, Baby. Wer sich da verabschiedet.« Das klang irgendwie drohend. Besonders, wenn man bedachte, dass ich vom epischen Sonnenuntergang sprach. Ängstlich sah sie auf, genau in dem Moment, als die orange-glühende Scheibe hinter den Berg rutschte.

Als sie mich um Gnade flehend anblickte, konnte ich nur eines tun: böse grinsen, mich herabbeugen, sie küssen … und dann natürlich meine Worte in die Tat umsetzen.

Denn leere Drohungen waren noch nie mein Ding.

Was soll ich sagen? Mia wurde noch wunder.

Tja ...

Der heisseste Arsch dieser Welt

Both: *Mia, hast du auch noch etwas Besonderes zu erzählen, wo Tristan auch nicht ganz ohne war? Zum Beispiel seine Rache in der Bibliothek? *Augenbrauenwackel**

Mia lacht: *Ach, du meinst, mit Tristan in der Bibliothek oder der heißeste Arsch dieser Welt?*

Both: *Japp, genau DAS meine ich …*

***

Ich fand die Idee ja total genial. Von wegen. Tristan bis zum Durchdrehen zu reizen. Mit ihm zu spielen. Hm,hm, ja wirklich toll. Nur leider hatte ich eines vergessen: Tristan Wrangler war Meister darin, den Spieß umzudrehen.

Was er mir bei folgender Gelegenheit mal wieder bewies:

Um Punkt vier betrat ich mit Martin die Bibliothek. Die Ruhe, die dieser – für mich heilige – Ort ausstrahlte, übertrug sich sofort auf mich. Leise lächelnd sog ich tief den wundervollen Geruch von so viel Weisheit in mich auf und stolperte prompt.

Nämlich genau in dem Moment, als mein Blick auf die Gestalt fiel, die locker in einem Stuhl saß. Die Füße waren an den Knöcheln auf dem Tisch gekreuzt, während er das ›KAMASUTRA‹ las.

Erstens fragte ich mich, wie Tristan die Schildkröte, die hier eigentlich Aufsicht hatte, bestechen konnte. Schließlich *lagen seine Füße auf dem Tisch*! Mit dreckigen Nikes. Und zweitens grübelte ich darüber nach, wie er es eigentlich immer zustande brachte, so unsagbar perfekt auszusehen. In seiner schwarzen Lederjacke, mit den zerwühlten, dunklen Haaren und dem gelangweilten, arroganten Ausdruck auf seinem makellosen Gesicht, provozierte er mein nächstes Stolpern, blickte auf und … grinste … *böse.*

Ohhhh nein ...

Nur die Möglichkeit, dem zu entkommen hatte ich auch nicht, denn in der Bibliothek war ziemlich viel los. Was dazu führte, dass sich der einzig freie runde Tisch direkt neben dem Sexgott befand, der nun mein Outfit abcheckte. Und ich wollte rennen, als ich sah, wie sich seine Miene verdunkelte. Oh nein!

Vielleicht hätte ich doch nicht meinen Plan wahrmachen und mich einpacken sollen, als wäre es Winter, denn heute Früh, bevor ich mich angezogen hatte, waren von ihm noch genaue Anweisungen gekommen, die ich *nicht* befolgt hatte – rein aus Prinzip, na ja und ein wenig Spaß kombiniert mit ein bisschen

Trotz.

Er seufzte kopfschüttelnd. Ich konnte fast seine Stimme in meinem Kopf hören: *Oh Mia-Baby, das wird dir noch leidtun … Habe ich heut Morgen nicht verschissen nochmal ROCK und UNTEN OHNE GESAGT?*

Aber Martin setzte sich schon neben mich an den Tisch, ignorierte Mista Angepisst Und Gleichzeitig So Heiß, und breitete unser Material aus.

Und ich?

Ich hatte keine Chance, mich auf unser Referat über ›Die Entstehung von Leben‹ zu konzentrieren.

Besonders, als wir darüber sprachen, ob wir weiter auf die Befruchtungssache eingehen sollten oder nicht und ich Tristans leises Lachen hörte. Der Arsch! Echt! Ich konnte seine Anwesenheit einfach nicht ignorieren. Meine Gedanken waren nur auf ihn fixiert und erst recht meine restlichen Sinne. Nur wenn ich an letzte Nacht zurückdachte, daran was er alles mit mir angestellt hatte, fühlte ich, wie die Röte in meine Wangen kroch, während Martins Stimme zu einem nervigen Hintergrundgeräusch verkam.

Irgendwann … nach gefühlten Ewigkeiten, hatten wir zumindest schon mal einen ungefähren Plan. Aber wir brauchten noch ein paar Bücher über Schwangerschaftskrankheiten. Und als ich aufstand, *wusste* ich, dass er mir folgen würde.

Ich ging trotzdem. Mutig, wie ich war, begab ich mich in den ersten Stock und suchte erst mal die endlosen Reihen nach der Medizinabteilung ab.

Hier oben war es sehr ruhig, von unten drang nur das leise Gemurmel der Besucher herauf, aber niemand kreuzte meinen Weg. Endlich hatte ich das richtige Regal gefunden und suchte mithilfe meines Zeigefingers einen Titel, der passen könnte.

»Na?« Eine samtene, aber hinterhältige Stimme, die aus einer anderen Welt zu kommen schien, riss mich aus meiner Konzentration, und tatsächlich … Ich hatte es doch wirklich für einige Sekunden vollbracht, zu vergessen, dass ich mich mit Tristan Wrangler in einem Raum befand. Wenn auch einem ziemlich Großen.

Aber jetzt war diese Erfolgsserie vorbei. Als ich mich umdrehte, sah ich ihn am Ende des Ganges stehen.

»Gefunden, was du suchst?« Seine Stimme war knapp und klar. Er setzte sich schlendernd in Bewegung, sein langer Finger fuhr dabei fast schon zärtlich über die Buchrücken und erinnerte mich daran, wie er das auf mir gemacht hatte … Auf meiner Wirbelsäule … runter bis …

»Hat es dir die Sprache verschlagen, du kleines unwilliges Ding?« Mir gegenüber stoppte er und lehnte sich an die Regale.

Verschränkte die Arme und blickte arrogant und unnahbar auf mich herab.

»Unwillig?«, brachte ich gerade so an meinem mittlerweile wild schlagendem Herzen vorbei heraus.

»Yeah! Ziemlich sogar. Oder wie soll ich dein Outfit, wenn man diese Vergewaltigung überhaupt so nennen kann, sonst verstehen?«

Ich sah an mir herab … an den Jeans, dem Gürtel … dem langen Mantel, dem dicken Pullover ...

»Hm ...« Nun musste ich leicht grinsen und wurde dabei knallrot.

»Ja, ja, jetzt lachst du noch ...«, murmelte er. »Hatte ich mich nicht klar und deutlich ausgedrückt, Miss Angel?«

»Schon ...« Ich biss auf meiner Unterlippe herum und er verdrehte die Augen.

»Du legst es förmlich drauf an, hm?«

Und dann war er bei mir, *direkt* vor mir. Und er war groß und er roch sooo nach Tristan und … Oh mein Gott … ich wollte ihn schon wieder. SO SEHR!

»Mit einem Rock wäre das hier um so vieles einfacher geworden. Für dich!« Er öffnete tatsächlich meine Hose. Zog den Reißverschluss herab und ich packte schockiert seine forschen Finger.

»Tristan! Spinnst du!« Das Stimmengemurmel machte mir nur allzu bewusst, dass wir nicht allein waren, dass Martin jeden Moment hochkommen konnte oder gar die Schildkröte. Und was dann? Anstatt zu antworten, betrachtete er mich nur ruhig. Wobei … nicht gerade ruhig. Eher drohend hob er eine Augenbraue und mir blieb das Herz stehen. Sofort nahm ich die Hände zurück, als hätte ich sie verbrannt.

Er grinste schmal. »Ich wollte einfach nur deinen Rock hochheben, dich fingern und dann ficken. Kein Schwein, das vorbeigekommen wäre, hätte wirklich gecheckt, was hier abgeht, aber nein … Mia musste ja ne verdammte Hose anziehen ...«

Damit streifte er sie tatsächlich meine Beine hinab und ich schaute mich panisch keuchend im Gang um. Niemand zu sehen.

Nur stille Bücher würden Zeugen von Tristans Skrupellosigkeit werden. Trotzdem konnte ich kaum atmen und mein Mund wurde trocken.

»Und weil du mich gerade echt ziemlich fucking wütend machst, nicht zu vergessen den Blutstau gestern ...« Mein Höschen folgte und ich war unten rum splitterfasernackt. Okay, der Mantel war lang, aber offen … und bot nicht genügend Schutz, wenn jetzt jemand kommen würde. Doch ihm war es natürlich egal, denn er trat einen Schritt zurück und nahm dabei Jeans und Höschen mit.

Sein Gesicht wirkte absolut verschlossen, als er sich wieder an das gegenüberliegende Regal lehnte und die Arme verschränkte. »Du wirst es dir selbst machen und ich werde währenddessen entscheiden, ob ich dir heldenhaft zur Hilfe eile oder nicht.«

»WAS?« Meine Hände zitterten. Ich wollte im Boden versinken. Und obwohl alles bereits verlangend pochte, war für mich derzeit unvorstellbar, dass ich allein meine Lust weiter schüren könnte. Nicht jetzt, nicht hier …

Schwer seufzend wandte er sich von mir ab, mit meinen Hosen in einer Faust. »Dann muss ich leider gehen!«

»WARTE!«, rief ich viel zu laut, und sah, wie er triumphierend und alles andere als nett grinste. Was ihn mieserweise nur noch attraktiver machte.

»Du bist ein Arsch!«, schimpfte ich heiser, woraufhin er lachte und sich wieder außer Reichweite stellte, um meine Show zu genießen. Meine Hände waren schweißnass und bebten nach wie vor, als ich eine davon zwischen meine Beine gleiten ließ und mich dabei gegen die Bücher in meinem Rücken lehnte. Ich war tatsächlich schon so empfindlich, dass mich eine Welle der Lust überrollte, sobald ich diesen einen Punkt berührte, der so sehr nach *seiner* Aufmerksamkeit schrie.

Schockiert keuchte ich auf und schaute zu ihm.

Tristan lächelte überheblich auf mich herab, während ich weiterrieb und mir auf die Lippe biss.

Er wusste, wie heiß er mich machte, allein mit seiner Anwesenheit und diesem glühenden Blick, der meine Hände nicht aus den Augen ließ … Sein leises überwältigtes »Fuck, Mia ...«, als ich den Kopf in den Nacken warf und tatsächlich für wenige Atemzüge vergaß, wo ich war, gab mir fast den Rest. Ich musste ein lautes Stöhnen unterdrücken.

Im nächsten Moment war er bei mir.

Nah. Sehr nah.

Und er küsste mich.

Heiß. Sehr heiß.

Tja.

Nicht nur ich hatte anscheinend schon zu lange auf ihn verzichtet. Mit einem rauen Stöhnen packte ich seine Schultern und fühlte, wie er zwischen uns seine Hose öffnete.

»Oh Gott ...«, keuchte ich, als er mich an den Haaren zurückzog, damit ich ihm atemlos in die grünbraunen Augen sehen konnte. Seine loderten.

»Shhh, Baby … leise.«

Mit der anderen Hand nahm er mein Bein, legte seinen starken Arm unter meinen Hintern und hob mich an, drückte mich gegen das harte Regal. Dann bewegte er seine Hüften und mit einem Mal

… füllte er mich aus.

Mein Kopf fiel nach vorn und ich biss in seine Schulter. Denn obwohl er sich einen Moment lang nicht rührte, fühlte ich ihn zu genau. Er war so groß, so sehnig, dehnte mich so sehr!

Es war exquisit.

Ein Zittern erfasste meine Glieder und ich kam fast davon, weil er in mich eingedrungen war – endlich –, als ich plötzlich weibliche Stimmen vernahm, die sich uns näherten, und erstarrte.

»Oh-oh …«

Anstatt sich aus mir zurückzuziehen, stützte er sich mit einem Arm neben mir an dem Regal ab, küsste mich, und begann, sich in mir zu bewegen.

Die Stimmen wurden stetig lauter, und ich sah gerade unsicher nach rechts, als zwei Mädchen aus Tristans Klasse um die Ecke bogen. Sie blieben wie vom Donner gerührt stehen und starrten uns, beziehungsweise ihn, mit offenem Mund an. Mich eher neidisch, während Tristan, der Sexgott persönlich, sie grinsend grüßte, mich dabei aber in aller Ruhe weiter fickte.

OH Gott … Das war doch nicht wahr!

Ich versteckte mein Gesicht an seinem Hals und musste ein lautes Stöhnen unterdrücken, als er gleichzeitig den Winkel änderte und mit einem Mal noch tiefer, noch drängender, noch härter in mir war.

Es war kaum auszuhalten, jede Sekunde würde ich kommen.

Dies war einfach zu berauschend. Sein Duft umnebelte mich. Seine Lippen fingen meine erneut ein, er küsste das Stöhnen von ihnen, packte meinen Arsch fester, bewegte sich fordernder, überfiel mich mit seiner Lust.

Dann hörte ich ihn: »Mia?«

»Martin kommt!«, warnte ich und löste meinen Mund von Tristans.

»Und?« Der-in-den-Himmel-Ficker schien auf einmal noch konzentrierter, noch besessener und ließ meinen Blick nicht los.

»Ahhh … Tristan … ich …«, *komme gleich.*

Genau das wollte er. Ich sah es an dem Lächeln, das sich auf seine Lippen schlich, als Martin mich erneut rief und dabei eindeutig näher war.

»Oh! Bitte! Ich kann ihm nie wieder in die Augen … AHHH …« Ich ließ den Kopf in seine Halsbeuge fallen, als der Orgasmus mich hinterrücks oder besser gesagt eher vornerücks mit so einer Intensität übermannte, dass ich mir einbildete, die Wände würden davon wackeln.

Im Augenwinkel bekam ich mit, wie Martin fassungslos am Gangende stehen blieb.

»Heiß, nicht wahr?«, erkundigte sich Tristan locker. Er klang dabei nur ein *wenig* gepresst. Dann nahm er mein Kinn, hob auch noch mein Gesicht, sah mir tief in die Augen und küsste mich, während sein Daumen zärtlich über meine Haut strich.

Typisches Platzhirschgehabe!

Und ich wusste, Martin hatte alles gesehen, mitbekommen und gehört und überhaupt. Die Schamesröte färbte meine Wangen, sie würde sobald auch nicht verschwinden.

Atemlos löste ich mich von ihm, versteckte wieder mein Gesicht, während er rau lachte und sich weiter in mir bewegte.

Ich traute mich nicht, aufzusehen. Nie mehr, während ich fühlte, dass Tristan gleichfalls jeden Moment kommen würde. Keine Ahnung, ob Martin verschwunden war oder nicht, auf jeden Fall packte mich Tristan abermals an den Haaren – sehr praktisch so ein Pferdeschwanz – und zog meinen Kopf zurück, damit ich ihn ansah.

Im Augenwinkel erkannte ich, dass der Gang wieder leer war und dennoch … wollte ich vor Scham sterben, aber gleichzeitig vor Erregung nochmal kommen.

Besonders als er knurrte: »Sieh mich gefälligst an, wenn ich in dich spritze!« Was er dann tat. Ausgiebig.

Und das mit so wunderbar gequälter Miene, dass tatsächlich noch ein kleiner Miniorgasmus über mich hinwegfegte, während er sich in mir erleichterte.

Schließlich war es vorbei und ich versteckte erneut mein Gesicht an seiner Brust, auch als er mich wieder auf die Beine stellte und versuchte, von mir wegzutreten. Ich klammerte mich einfach mit beiden Armen an ihm fest, nicht gewillt ihn loszulassen.

Tristan lachte, drückte mich erneut an sich und küsste meinen Scheitel.

»Mia, komm … hol dein Zeug. Dann verschwinden wir ...«

»Vergiss es!« Vor Scham wollte ich sofort umkippen! Die zwei Mädels *und* Martin hatten uns gesehen! Oh Gott! Aber Tristan schien es diesmal nichts auszumachen. Ganz im Gegenteil. Fröhlicher konnte er gar nicht mehr sein. Und mir kam der winzige Verdacht, dass er die Show *nur* für Martin geplant hatte! Ich hätte ihm eben nichts von dem Referat erzählen sollen!

»Komm schon, Baby. Das war doch gar nichts … Insgeheim will es doch jeder, der Bücher mag, gerne mal in einer Bibliothek treiben!«

»Ja, und? Ich kann meine Sachen trotzdem nicht holen. Ich kann Martin nie mehr unter die Augen treten. Niemandem!« Wütend schaute ich zu ihm hoch; er strich mir sanft über die angeschwollene Unterlippe.

»Das tut mir jetzt aber leid … Ehrlich.« Seine Augen funkelten und machten seine Worte zunichte.

»Tut es gar nicht!«, schmollte ich. Tristan lachte abermals, beugte sich runter, gab mir einen kleinen Kuss und drückte mir meine Hosen in die Hand.

»Zieh dich an! Ich hol dir deinen Scheiß und um das Ganze perfekt zu machen, klettern wir aus dem Fenster, damit du ja keinen mehr sehen musst, hm?«

»Schon wieder aus dem Fenster?«

Er war bereits dabei, mit den Händen in den Hosentaschen fröhlich den Gang entlang zu schlendern. »Es ist nicht so hoch wie in der Turnhalle!«

»Hmpf ...«, lautete meine einzige Antwort.

Lernablenkungen á la Mia-Baby

Both *liegt mit Mia einträchtig über die Couch zerflossen da … und wedelt sich mit Iws panisch Luft zu, während Mia Iws-Reloaded in der Hand hat* Dabei keucht sie, als hätte sie Tristan heftig durchgenommen: *Und Tristan, auch noch was zu erzählen? Was war Mias Rache für das Event in der Bibliothek? Nicht, dass wir das überleben würden, aber wenn schon sterben, dann glücklich ...*

Tristan: *Ich sag nur ...*

… Lernablenkungen

Ich hatte keinen blassen Schimmer, was mit dieser Frau los war. Vermutlich wollte sie mich umbringen! Womit hatte ich das verdient?

Mit Eva war alles geklärt, wobei die Schlunze eindeutig noch was plante, das war unschwer an ihren dämlichen Schafblicken zu erkennen, mit denen sie mich in der Schule zu erdolchen versuchte ... Mia war jede freie Minute bei mir, schlief in meinem Bett und aß an unserem Esstisch. Sogar verschissene Tampons und diese wirklich krank aussehenden fliegenden Binden hatte ich ihr besorgt, wobei ich mich die ganze Zeit fragte, was für irren Scheiß es gab! Wegen dem Projekttag war ich im Altersheim, wo mich die älteren Ladys mit ihren Rollatoren verfolgt hatten! Nur um in Mias Nähe zu sein! Und ernsthaft, ganz geheuer waren die mir nicht. Hätten die mich in ihre verknöcherten Finger bekommen … Kurzum, ich tat wirklich alles für mein Mädchen!! Sie wirkte … glücklich! Also wieso zur Hölle, zum Fuck und verschissenen Dreck quälte sie mich so? Warum?

Langsam machte ich mir nämlich echt Sorgen! Die Endschäden waren nicht absehbar, schließlich konnte ich doch nicht mein ganzes Leben hart rumlaufen! Eigentlich wollte ich nur das beschissene Referat fertigmachen, aber nichts da …

Mia Engel, ihres Zeichens meine kleine Sexgöttin, hatte andere Pläne. Ich weihe euch mal in ihre Foltermethoden ein, weil ich heute ausnahmsweise freundlich bin. (Gewöhnt euch nicht daran!)

***

Both: schaut völlig verständnislos und Mia grinst sich einen ab.

Tristan: *Ja, was? Erstens kann ich auch verfickt nochmal ab und zu nett sein und zweitens: Das war eine hundsgemeine, verschissene Drecksfolter. Fällt dir der Scheiß spontan ein oder planst du den Mist in nächtelanger Feinstarbeit?*

Mia: Lacht laut auf und zwinkert ihm zu, sagt aber kein Wort.

Tristan: *Ja, lach du nur, du freches, heißes, geiles, kleines Ding. Das wird nachher noch ausgewertet.*

Both: amüsiert sich köstlich über die beiden.

***

»Triiistaaaaaaaaaaaaaan ...«

»Hm?«, murmelte ich abgelenkt und schrieb gleichzeitig meine Stichpunkte auf das riesige Plakat, welches ich für mein Referat vorbereitete … Ja, schon klar. Offiziell war mir alles scheißegal, aber im Grunde musste ich überall immer der Beste sein, ob nun beim Sport, beim Ficken oder eben in der verdammten Schule. Und da von Nichts, bekanntlich noch weniger kommt, saß ich also am Samstagabend da und bereitete wie ein kleiner verkackter Streber meinen Vortrag über den medizinischen Gebrauch von Cannabinoiden vor.

Natürlich war Mia-Baby bei mir und ich hätte viel lieber andere Dinge mit ihr getan, aber es warteten noch die Ferien auf uns. In denen wollte ich mit ihr einen *richtigen* Urlaub machen, deswegen musste eben der Samstag dran glauben …

»Sag mal was!«, forderte sie und ich runzelte die Stirn, während ich mit einem verdammten schwarzen Glitzerstift: EINSATZGEBIETE auf mein Plakat schrieb. (Übelkeit und

Erbrechen, Tourette-Syndrom, Appetitlosigkeit und Abmagerung, Spastik, Schmerzzustände, Bewegungsstörungen, Epilepsie, Autoimmunerkrankungen und Entzündungen ...)

»Was denn?«, fragte ich abgelenkt.

»Irgendwas ...«

Jetzt schaute ich sie über meine Schulter hinweg an. »Wieso?«

Sie lag in nichts weiter als einem Muskelshirt von mir bäuchlings auf dem Bett, mit der Macht in der Hand, und grinste mich breit an.

»Mir ist aufgefallen, dass meine Nippel sich neuerdings nur dadurch aufstellen, wenn sie deine Stimme hören«, verkündete sie mir fröhlich ihre neueste Entdeckung.

»Das will ich ihnen auch geraten haben ...«, brummte ich und wandte mich wieder meiner Arbeit zu … versuchte mir dabei bloß nicht genauer vorzustellen, was sie mir gerade offenbart hatte und ergänzte, wieso die Pharmaindustrie niemals zulassen wird, dass der Gebrauch von Cannabis legalisiert wird. Dahinter steckt zu viel Geld. Milliarden Einnahmen werden verbucht, indem Wirkstoffe chemisch erzeugt und vermarktet werden, welche die Natur gratis verschenkt …

Einige Minuten gab sie Ruhe … Meine Uhr auf dem Schreibtisch tickte leise vor sich hin und vor dem Fenster rieselte Regen herab.

Eisiger Wind strich ums Haus. Aber hier, in unserem Tempel, war es warm und still – zum Glück.

Konzentriert arbeitete ich weiter und schrieb noch die Länder auf, in denen diese Medizin erlaubt war …

»Tristaaaan?«

»Mann, Baby! WAS?« Ich wirbelte zu ihr herum und funkelte sie wütend an. Kichernd winkte sie ab.

»Ach nichts!«

Schnaubend drehte ich mich wieder zu meinem Schreibtisch um. »Mia, ich muss diesen Scheiß hier echt fertigbekommen, willst du in der Zwischenzeit nicht baden gehen oder endlich mal gucken, was in der Glotze läuft?«

»Das Referat können wir später zusammen machen ...«

»Nein.«

»Wieso nicht?«

»Ich will es hinter mir haben!«

»Heißt es bei dir nicht: Erst ficken, dann alles andere?«

»Wie oft hab ich dich heute schon gefickt?«

Sie zählte mental, was mir ihre ehrfürchtige Schweigeminute verriet, während ich weiter das Plakat gestaltete und schwule Tribles in jede Ecke malte.

»Nur drei Mal ...« Ich hörte das Schmollen in ihrer Stimme und grinste in mich hinein.

»So unersättlich, Miss Angel ...«

Ein paar Sekunden war es still.

Dann ging es los, der ultimative Ausbruch: »Hast du eigentlich eine Ahnung davon, was du mit deinen Zähnen und *deinen Lippen* machst, wenn du dich konzentrierst? Und überhaupt! Du sprichst *so* mit mir *und* sagst auch noch *Miss Angel* und dann soll ich dich in Ruhe lassen?!«, rief sie anklagend.

Ich lachte. »Du hast angefangen mit mir zu sprechen!«

»Weil ich meine Theorie überprüfen wollte!«

»Hast du ja jetzt. Also: Hättest du die Güte, mich diesen Scheiß beenden zu lassen, dann sind ich und mein Ficker wieder voll und ganz für dich da … na gut … *Er* ist *immer* für dich da … Voll und ganz … Aber der dazugehörige Tristan muss das *jetzt* fertigmachen. Okay? … Guck doch irgendwas im Fernsehen an … *Frauentausch* oder … ähm … was schaut ihr Frauen denn so?«

»Vivi schaut immer: *Zu Hause im Glück.*«

»Aha …« Das untere Trible war ein bisschen schief, eigentlich alle, man, ich hätte vielleicht nicht eine dicke Tüte rauchen sollen, bevor ich das Plakat anfing, aber na ja … wahre Perfektion liegt im Auge des Betrachters. Jetzt war die Überschrift dran. Ich würde den krönenden Abschluss als 3D-Überschrift zeichnen ...

»Im Fernsehen läuft nur Mist ...«

»Ich hätte Pornos ...«

»Ist mir klar.«

»Obwohl … NEIN! Auf keinen Fall siehst du dir einen Porno an! Lies ein Buch!«

»Hab schon alle gelesen, die hier sind!«

»Mein Dad hat eine ganze Bibliothek!«

»Alle durch!«

»Wann?«

»Wenn du schläfst … Und du schläfst ganz schön viel ...« Ich verdrehte die Augen.

»Mia ...«, knurrte ich warnend.

Sie lachte … und wusste, dass sie die magische Reizgrenze (die nur bei ihr so weit ging) überschritten hatte.

»Ja, okay! Ich höre auf, deine Nerven zu strapazieren.«

»Sehr gnädig ...«, murmelte ich und ...

Einige Sekunden war es tatsächlich ruhig, dann hörte ich hinter mir ein Rascheln. Aber ich ignorierte es, vermutlich wollte sie nur irgendwas holen oder was auch immer. Doch im Augenwinkel bemerkte ich, wie sie auf mich zukam. Mein Stift hielt inne …

»Lass dich nicht von mir stören … Ich habe doch noch was zum Lesen gefunden ...«

Sie hielt meinen Playboy in der Hand!

»Wo hast du den her?« Als ich ihn ihr aus den Fingern schnappen wollte, riss sie ihn weg und grinste breit.

»Unter deinem Bett.«

»Hmpf ...« Dann tat sie etwas, was mir die Sprachfähigkeit raubte, dafür aber meine Fickfähigkeit nach oben schnellen ließ – wortwörtlich.

Wie eins dieser Holzteile, die, wenn man unten drückt, darauf eine Figur (meist ein Hund oder Schaf) in sich zusammenbricht, aber wenn man loslässt, das Ding hochschießt und wie eine Eins steht. So reagierte mein Schwanz. Denn ... Mein Schreibtisch war groß. Genau genommen so groß, dass sie sich darauf setzen konnte, und zwar so, dass ich gleichzeitig mein Plakat weitermachen konnte und … etwas im Sichtfeld hatte, was eigentlich unter ihrer Hotpants versteckt sein sollte.

»Zur Muschi … MIA!«

Sie saß breitbeinig, mit angewinkelten Knien vor mir, lehnte sich gegen die Wand in ihrem Rücken und schlug interessiert das Heft auf.

»Was denn?«, erkundigte sie sich unschuldig, während ich nur eins tun konnte: Auf mein Paradies glotzen und *nicht sabbern*! Ich war wie versteinert, und zwar so ziemlich *alles* an mir.

Irgendwann linste sie am Rand der Zeitschrift zu mir runter, ihre Karamell-Augen funkelten verwegen.

»Mach weiter ...«, sagte sie, als wäre es total unverständlich, dass ich alles andere um mich herum soeben vergessen hatte.

»Mit was?«, fragte ich paralysiert und starrte und starrte und starrte … Meine Finger zuckten … Mein Ficker sowieso.

»NA! Mit deinem Bildungsauftrag!« Sie kicherte.

»Welcher Bildungsauftrag?« Meine Stimme klang leicht abwesend – bis schwer debil.

Mia lachte lauter und tippte mit einem hübschen Finger auf das Gekritzel vor mir. »Das da!«

»Aha ...« Immer noch glotzte ich ihre Pussy an und legte den Kopf leicht schief – was interessierte mich der Scheiß? »Ziemlich feucht, hm?«, stellte ich trocken fest und streckte die Hand aus, um sie zu berühren.

Alles andere war vergessen.

Wie immer …

Doch ein stechender Schmerz in meinen Fingerspitzen, als sie mir auf diese schlug, riss mich zurück in die Realität … Mein Kopf schoss nach oben und endlich sah ich sie an.

»Du musst doch dein Plakat unbedingt jetzt sofort machen! Medizingebrauch von deinem geliebten Gras! Weißt du noch?«, rief sie aus, musste aber das Lachen unterdrücken. »Also mach jetzt!«

Damit lehnte sie sich wieder zurück und hob die Zeitschrift, um weiter zu lesen. Grummelnd verlagerte ich meinen Ficker.

Sie wollte spielen?

OKAY!

Ich schnaufte und schrieb dann weiter ... nach einiger Zeit neigte ich den Kopf ... Irgendwann saugte ich meine Unterlippe ein und grub dann meine Zähne in das weiche Fleisch, als Nächstes leckte ich darüber, langsam ... und spitzte schließlich nachdenklich die Lippen ... HA! Ich fühlte förmlich, wie sie über den Rand der Zeitschrift zu mir glupschte. Aber ich tat so, als würde ich sie nicht beachten.

Nur schwer konnte ich ein Lächeln unterdrücken ... und gab weiterhin vor, sie zu ignorieren ...

Als Nächstes stützte ich mein Kinn auf meine Finger, sodass mein Zeigefinger nachdenklich auf meine Unterlippe klopfen konnte.

Sie gab ein winziges, sehr sehnsüchtiges Geräusch von sich.

Oh Scheiße! Nicht zufrieden zu grinsen war *echt* schwer!

Aber natürlich schaffte ich es, meine desinteressierte Maske aufrecht zu halten ... Hatte ja jahrelange Übung ... bis zu dem Moment, als sie seufzte ... Dann sah ich im Augenwinkel, wie ihre Hand an der Innenseite ihres Oberschenkels entlangglitt.

Sofort schoss mein Kopf nach oben, aber ich betrachtete nur das verdammte Heft, hinter dem sie sich verschwanzt (den Verschreiber MUSS ich einfach drin lassen;) hatte.

Scheinbar geistesabwesend strich sie an ihrem zarten Innenschenkel auf und ab, auf und ab, auf und ab, auf und … ich fing ihre Finger auf.

Sie ließ die Zeitung sinken.

Wir sahen uns an …

Grünbraun auf Karamell.

Verlierer und Siegerin.

»Ach, fick drauf!«

Sie lachte, als ich mich mit meinen Lippen auf sie stürzte und an den Hüften zu mir zog. Stifte flogen ebenso auf den Boden, wie das Plakat … dann spürte ich, wie feucht sie bereits war, als ich ihren nackten Unterkörper an meinen zog … und ein Stöhnen später war ich in ihr …

Fuck … ich würde niemals genug von dieser Frau bekommen.

Dabei bereute ich nicht eine Sekunde, dass ich kapitulieren musste. Nicht bei ihr. Niemals. Und nicht bei diesem Kampf. Denn ein richtiger Mann sollte wissen, wann er sich zu ergeben hat.

***

Both: *Und trotz dieser unmenschlichen Qualen würdest du doch alles für sie tun, nicht wahr? Was war das mit den Tampons und fliegenden Binden, Tristan?*

Tristan, grummelt nur, schaut grimmig zu Mia, die wieder mal in sich hineingrinst und wirklich Mühe hat, sich zusammenzureißen. *Das ist nicht lustig, Miss Angel.* Dann legt er los:

***

Heilige Scheiße. War dieser Laden groß. Zielsicher steuerte ich den erstbesten Typen an, der wie ein verkackter Verkäufer aussah und gelangweilt Päckchen sortierte. »Hey, du da. Wo gibts Stöpsel für Frauen?»

»Hä?«

»Wo kriegt man hier SCHNECKENFUTTER?» Er glotzte mich an, als wäre ich durchgeknallt und zeigte auf die Salate. »Die Gemüseabteilung befindet sich in Gang drei.«

Oh Scheiße, ich will ihm sofort eine in die Fresse hauen ... Tief durchatmen, ich musste hier weg ... und machte mich selbst auf die Suche nach der Abteilung des Schreckens. Die fand ich dann auch. Nach gefühlten Stunden und mit Blasen an den Füßen.

Das Angebot erschlug mich. *Scheiße, was braucht Mia*? Die hatten hier Mini, Normal, Maxi. Nachtbinden, Tagbinden, Flügelbinden (können die wirklich fliegen?) Watte ... Fuck ... Neben mir erschien ein anderer männlicher Leidensgenosse im Gang, den ich sofort ansprach ...

»Hey Kollege, du musst mir helfen. Mein Weibchen hat dieses Blutezeug. Pass auf. Ich weiß nicht, was ich kaufen soll. Sie ist ungefähr 1,60 groß. Hammerhart gebaut ...« Ich deutete ihm mit den Händen die Breite ihrer Hüften an.

Er sah mich an, als wäre ich ein Außerirdischer. Dann grinste er. »Das erste Mal hier? Nimm einfach, was du tragen kannst! Dann kann sie nicht meckern! Du musst da echt aufpassen! Die sind reizbar wie Tiere und verschlingen dich mit Haut und Haaren!«

»Ja fuck, das hab ich gemerkt. Okay. Ich wünsche dir alles Gute!«

»Ich dir auch.« Und dann fing ich an, von jeder verschissenen Verpackung eins zu nehmen, bis mir die Arme fast abfielen. Ich hätte einen Einkaufswagen nehmen sollen, aber Mia lag bei mir daheim im Bett – knallrot wie eine Tomate – und wartete darauf, dass ich ihr das Zeug brachte. Denn natürlich hatten wir so was nicht in unserem Männerhaushalt.

Okay, mein nächster Weg führte mich zur Kasse. Alles voll. Natürlich. »Können sie nicht noch ne verfickte Kasse aufmachen?«, schrie ich durch die Menge und wurde natürlich ignoriert. Die Zeit, bis ich dran war, verbrachte ich mit fluchen und knallte dann meine Beute hin.

Die Oberschlunzenverkäuferin mit Monsterfingernägeln und toupierten Haaren beäugte das Band, dann mich, dann das Band, dann mich. »Ist das alles für Sie?«

»Klar. Ich blute neuerdings aus dem Arsch.« *Meine Fresse* ... Sie gab Laute von sich, die sie wohl als Kichern bezeichnet hätte, und zog die Sachen über den Scanner. Nachdem ich alles in zwei Tüten verstaut hatte, fragte sie: »Sammeln Sie unsere Treuepunkte?«

»Die einzigen verschissenen Punkte, die ich sammle, sind die in Flensburg! »Ich drehte mich um und ging, hörte aber noch, wie sie mir hinterherschrie »Brauchen sie den Kassenbon?« Sie wurde selbstverständlich ignoriert, denn zu Hause wartete mein Baby auf ihren großen Retter ...

Eva, verschlunz dich!

DonBoth: *Zum Schluss. Eine Frage hätte ich noch, die wahrscheinlich viele interessiert … Tristan, wie hast du dir Eva nach ihrer miesen Video-Aktion eigentlich noch mal vorgenommen?*

Tristan: *Hör mir auf mit der! Fuck, dieses Weibsbild hab ich so was von gefressen. Aber klar, die hab ich mir gekrallt!* Bevor er anfängt zu erzählen, zündet er sich eine Kippe an und inhaliert tief den Rauch.

***

Meine Finger trommelten in einem für mich selber nervenaufreibendem Takt auf das Lenkrad ein, während ich mitten in der Stadt, vor einem verdammten Nagelstudio stand und eine rauchte. Was machten die nur so lange da drin? Mussten die ihre Monsterfingernägel mit der Kettensäge und einer Schleifmaschine bearbeiten, oder was? Geduld gehörte nun wirklich nicht zu meinen Scheißtugenden und so hatte ich fast mein ganzes Repertoire an Flüchen verbraucht, als Eva Eber, ihres Zeichens erpresserische Oberhobelschlunze und bald tote Frau, das Studio endlich verließ und ihren kleinen rosa Regenschirm öffnete, um über die Straße und zu ihrem Auto (Marke: viel PS, nichts dahinter) dackelte.

Dies war mein Moment, um mich dem Pisswetter zu stellen.

Also stieg ich aus und schnippte die Kippe weg, bevor ich auf sie zuging und sie erreichte, als sie den Schlüssel ins Schloss stecken wollte.

»*Buh*!«, machte ich hinter ihr und hörte kurz darauf nur noch ein Klingeln, weil ihr Schrei mein Trommelfell zerriss.

Sie wirbelte herum, ganz blonde Haare, riesige zugeschminkte Augen und bleiches Gesicht. Ihr Schock wandelte sich schnell in ein hinterhältiges Lächeln. »Trisi ...«

»Eva ...« Ich legte den Kopf schief, grinste ein bisschen und *hauchte*. »Ich habe vor, dich zu entführen … Widerstand zwecklos.«

Ihr Mund klappte auf, doch meine samtene Stimme wirkte wie immer: rote Wangen, glasiger Blick, keuchender Atem – Gehirn erfolgreich ausgeschaltet –, obwohl bei Eva nun wirklich nicht viel dazugehörte.

Kopfschüttelnd packte ich ihr knochiges Handgelenk und zog sie hinter mir her. Ihre Schuhe stöckelten laut über den Gehweg. »Aber … aber ...« Sie quasselte, ich hörte ihr nicht zu, öffnete die Beifahrertür und schob sie wie ein verdammter Bulle ins Auto. Dämlich glotzte sie mich an, sobald ich saß und den Wagen startete, aber natürlich ahnte sie gar nichts …

»Wohin fahren wir, Trisi?« Ihre Finger mit den neu gemachten Monsterfingernägeln umfingen meinen Oberarm, das Rouge verschmierte sie an meiner Lederjacke, als sie ihre Wange an meiner Schulter rieb. Ihr Parfum vergaste mich so, dass ich das Fenster öffnen musste, um nicht zu kotzen.

»Das wird eine Überraschung ...« In mir brodelte es so sehr, dass meine Kiefermuskeln sich mit jedem Meter weiter verhärteten, aber ihr fiel das absolut nicht auf.

»Ich habe darauf gewartet, dass du dich besinnst … und wusste, dass du wieder zu mir zurückkommen würdest … Das am Strand war nicht ernst gemeint ...«

»Ach?«

»Ja, natürlich wusste ich sowieso, was zwischen dir und dem Truthahn abläuft ...«

»Schön.«

»Aber ihr beide passt einfach nicht zusammen und du wirst immer wieder zu mir zurückkehren ...«

»Aha.«

»Ich meine. Sieh uns an! Absolut perfekt. Das ist Schicksal ...«

»Eva ...«

»Wir werden zusammen alt und glücklich werden … unsere Kinder, stell dir die mal vor ...«

»Eva ...«

»... sie werden sooooo hübsch! Solche Kinder wird die Welt noch nie gesehen haben … ich ...«

»Halt die Fresse!«

Sie verstummte.

Ich atmete durch.

»Hör zu, ich versuche es jetzt so zu erklären, dass sogar *du* es verstehst.«

Das war der Plan, doch als sie mich mit ihren riesigen, treudämlichen Glupschern angaffte, hinter denen diese hinterhältige Fotze lauerte, brach diese gewisse Barrikade, die ich bisher irgendwie immer aufrechterhalten hatte … und – okay, ich drehte ein wenig durch, bekam ja keiner, bis auf die, die es betraf, mit.

»Du dämliche kleine Fotze!«, erklärte ich ihr freundlich und bekam meine Zähne nicht mal zum Grinsen auseinander, als ihr Mund aufklappte. »Was denkst du eigentlich, wie blöd ich bin?« Dies war eine rein rhetorische Frage, und als sie mir antworten wollte, stoppte ich die Scheiße, die gleich aus ihrem Mund fallen würde, vehement.

»Willst du mir weismachen, du hast dich ehrlich dieser irrigen Annahme hingegeben, ich würde was für DICH empfinden?«

Mitleidig schüttelte ich den Kopf und beobachtete mit grenzenloser Genugtuung, wie ihre Lippe zu beben begann. »Baby, das … äh … tut mir leid, aber, du bist so ungefähr die letzte Kreatur, der das gelingen würde. Es gibt nur eine, und die ist im Gegensatz zu dir so viel mehr wert. Sie hat mir viel beigebracht, beispielsweise, dass man nicht viel zum Leben braucht und auch überhaupt nicht viel verlangt wird. Man muss nur in der Lage sein, sich am Abend noch in die Augen sehen zu können. Du bist NICHTS im Vergleich zu ihr, nicht einmal der Dreck unter deinen abgefuckten manikürten Fingernägeln. Der Lack verdeckt nur, was darunter liegt … und das ist widerlicher Abfall. Du bildest dir in deiner grenzenlosen Oberflächlichkeit ein, mich zu lieben, dabei weißt du NICHTS über mich. Dich interessiert nur das, was du siehst. Was sollte ich mit dir? Dich ficken? Kein Bedarf, sorry. Du bist in meinen Augen nicht viel mehr wert als ...« Blitzschnell griff ich zu und bekam eine Fliege zu fassen, die sich in mein Baby geflüchtet hatte und am Fenster klebte. Ich hielt sie ihr unter die Nase, während ich lässig weiterfuhr und sie wich zurück.

»Ja«, wisperte ich. »Ein kleines Insekt. Ein Parasit im Nacken des reichen Papas. Was, wenn er irgendwann nicht mehr da ist?« Trocken lachte ich auf, bevor ich das Tier vor ihren Augen zerquetschte. »Genau das. Halt dich ab sofort von mir fern und ganz besonders von Mia … ansonsten wird es dir genau so ergehen.« Damit schnippte ich die Überreste in ihr Gesicht und sie quiekte tatsächlich auf wie ein Schwein, während sie wild herumfuchtelte.

Ich gluckste, daraufhin presste sie jedoch die Lippen aufeinander, in ihren Augen glühte Zorn und auch ein wenig Verletzlichkeit, und es war sooo gut ... Fuck … ich hätte ewig so weitermachen können.

Wie lange hatte ich auf diesen beschissenen Moment gewartet?

»*Pah*! Du weißt ganz genau, dass deine dämliche fette Kuh mir nicht das Wasser reichen kann!«

Und das war´s. Sowieso am Ziel angekommen, fuhr ich von der Straße ab und blieb mitten auf einem verlassenen Kiesweg im Wald stehen. Evas Augen weiteten sich, als ihr aufging, wo ich hingefahren war und es sammelten sich erneut Tränen darin.

»W... was … tun wir hier?«

Im nächsten Moment hatte ich ihren Kiefer zwischen den Fingern. Ich wusste, dass ich zu fest zudrückte, aber ich konnte mich davon nicht abhalten. Bei Eva kam man mit Reden nun mal nicht sehr weit. »Geh und zeig ihm das Video … aber davor würde ich dir gerne noch etwas mitteilen und du solltest aufmerksam zuhören, denn ich werde mich nicht wiederholen. Verstanden?«

Sie starrte mich nur an und wimmerte.

Als ich fester zudrückte, wollte sie zurückweichen, aber irgendwas in meinem Blick ließ sie auf der Stelle erstarren.

»Verstanden, Eva?«, flüsterte ich kaum hörbar.

Sie nickte wie ein beschissener Wackeldackel. Mein Zeigefinger strich über ihre Unterlippe, zog sie zur Seite, während ich sanft sprach. »Weißt du noch, an dem romantischen Wochenende … was ich dabei hatte?« Als ich anfing, ihr einhändig die Bluse aufzuknöpfen, runzelte sie die Stirn, ihre Augen verdunkelten sich jedoch und sie hielt erwartungsvoll still … Knopf für Knopf sprach ich weiter »Erinnerst du dich noch daran, wie du dir damit den Kopf zugeballert und dann den verdammten Hotelportier angemacht hast? Wie du vor ihm gestrippt hast und dann mittendrin angefangen hast, zu kotzen? Und, befinden sich in deinem beschissenen Erbsenhirn noch Fetzen davon, dass du am nächsten Morgen in deinem eigenen Erbrochenen aufgewacht bist? Oh ja, *das* weißt du noch, aber was in der Nacht geschehen ist, hat den Trip nicht überlebt, nicht wahr?«

Ich grinste teuflisch und schob die Bluse über ihre knochigen Schultern zurück, zog sie aus. »Ich weiß alles und noch besser ist, ich habe es für die Nachwelt verewigt, auf meinem Handy. Was würde wohl dein Papa dazu sagen, wenn er das Filmchen sieht und erst deine Mitschüler? Eva, der Portier war ein Nerd … du hast ihm einen geblasen … zu Anfang ...«

Geringschätzig – trotz meines Klammergriffs – verzog sie das Gesicht. »Du bluffst!«

»Willst du es darauf ankommen lassen?« Mit einer Handbewegung hatte ich ihren BH aufgeschnippt und ihn ihr abgestreift. Jetzt fiel ihre Maske komplett und sie zeigte mir ihre wahre Fratze, während sie ihre Titten verdeckte.

»Er bringt dich in den Knast, und wer wird deine kleine Sch...« Ab diesem Punkt drehte ich erst wirklich durch. Ich war so schnell ausgestiegen und hatte den Wagen umrundet, dass sie kaum Zeit zum entgeisterten Aufkeuchen bekam.

Als ich sie an ihren beschissenen Haaren und oben ohne aus dem Auto zerrte, war ihr Schrei Musik in meinen Ohren. Im nächsten Moment knallte ich sie gegen die Tür, hielt sie dort eisenhart fest und zerrte die Jeans von ihren Beinen. Nun wehrte sie sich, mit kratzenden Nägeln! Ich rammte sie erneut gegen das Auto, woraufhin sie aufschrie und fetzte den peinlichen Tanga von ihrem Körper.

Fuck! Meine Aggressionen gingen fast mit mir durch, brodelten in meinem Blut, ließen mich zittern, aber ich hielt mich zurück. An ihr würde ich mir die Finger nicht schmutzig machen!

Außerdem schlug ich aus Prinzip keine Frauen, auch wenn sie diese Bezeichnung nicht verdienten.

Aber ein wenig an den Haaren ziehen war doch drin, oder? Ich erhob mich wieder, hatte sie so fest im Griff, dass sie sich nicht mehr rühren konnte, und wisperte an ihrer Wange.

»Wie wolltest du Mia gerade betiteln?«

»Tr...« Sie umklammerte mein Handgelenk, mit dem ich ihren Kopf in einem unnatürlichen und schmerzhaften Winkel gebeugt hielt.

»WIE HAST DU MIA GENANNT?« Ich zog noch ein bisschen fester und sprach direkt gegen ihre eiskalte, bleiche Haut. »Nur … noch ein paar Millimeter, nur ein kleiner Ruck, und aus deinem Mund fällt nie wieder so eine Scheiße … Sag mir, ob es das wert ist?«

Oh fuck … Kaum gesagt stellte sich mir in den schillerndsten Farben dar, wie einfach es wäre … Ihre Augen weiteten sich. Darin fand ich etwas, was mich irgendwie fucking heiß machte: Die pure Angst.

Erst jetzt merkte sie, in was für einer Scheiße sie wirklich steckte, wie weit sie mich getrieben hatte und sie kannte mich. In meinem derzeitigen Zustand war ich unberechenbar.

»Bitte …«, wimmerte sie. Ihre Schminke lief mittlerweile in

hässlichen schwarzen Schlieren ihr Gesicht herab, das Haar war genauso durchnässt wie meines. Ruckartig zog ich ihren Kopf heran und sie schloss schluchzend die Augen, konnte meinen Blick anscheinend nicht ertragen. Armes Baby ...

Sanft wisperte ich. »Wenn du noch einmal nur einen verschissenen Finger gegen Mia Engel erhebst, dann macht es *Knack*!.« Und damit ließ ich los, sie fiel in sich zusammen, rappelte sich aber sofort wieder auf und taumelte von mir weg.

»DU BIST SO EIN PSYCHO!«, schrie sie mich hysterisch an.

Ich lachte. »Guten Morgen, Schlampe!«

Kopfschüttelnd stieg ich in mein Auto und zündete mir eine Kippe an.

Fuck ... ich war tatsächlich hart ... Scheiße, echt! *Ficker, dir hat es gefallen Eva fertigzumachen, hm? Aber nicht so sehr wie mir*!

Ich sah mir ihre Miene noch einmal genau an, als sie realisierte, dass sie sich nackt im bayerischen Nirwana befand und dass ich im Begriff war, sie einfach im Regen stehen zu lassen und mit ihrer Kleidung zu verschwinden. Zu Fuß würde sie mindestens zwei Stunden brauchen ... mit den Schuhen, die sie trug, drei ... und kein Auto weit und breit in Sicht ...

Genialer Scheiß!

»TRISTAN!«, rief sie und stürmte auf mein Baby Nummer 2 zu, aber ich wendete bereits und winkte ihr noch freundlich, bevor ich Gas gab und davonraste.

Im Rückspiegel erkannt ich noch, wie sie auf die menschenleere, neblige Straße lief und mir hinterherbrüllte, dann bog ich um die Kurve …

Mit zusammengebissenen Zähnen verlagerte ich den Ficker in meiner Hose.

Fuck!

Ich musste zu Mia!

Sofort!

Natürlich besaß ich kein verdammtes Video. Natürlich hatte ich geblufft, aber Eva war so eine verdammte Papafotze, dass sie es wohl nicht darauf ankommen lassen würde. Genauso ungern würde sie noch einmal mit Psycho-Tristan Bekanntschaft machen, wobei ihr Gedächtnis ja löchrig wie ein Sieb war, schließlich hatte ich so eine Scheiße schon einmal in der Turnhalle auf sie losgelassen und sie lief mir dennoch hinterher.

Eins war klar.

Sie würde mit aller Wahrscheinlichkeit zu Harald gehen und diese Scheiße war WIRKLICH beschissen!

Wie auch fucking immer. Jetzt gab es andere Probleme zu

lösen ...

Ich war so verdammt hart von diesem Fuck!

Mia war noch in der Schule.

Aber sie würde bald Schluss haben und dann …

***

Both: *Oh mein Gott, Tristan, du Arsch! Das ist gerade so spannend! Nicht aufhören!*

Tristan: *Genau deswegen ja ...*

Both: Wendet sich mit flehendem Gesichtsausdruck an die amüsierte Mia, die Tristan eine Kopfnuss verpasst und dann seufzend weitererzählt ...

***

Ich radelte gemütlich nach Hause. Nieselregen benetzte mein Gesicht. Die Luft war frisch und kühl – gereinigt – wie so vieles sonst in meinem Leben. Tristan und ich waren glücklich, seitdem er mich mit zu sich nach Hause genommen hatte …

Auf jeden Fall war ich so in meine Gedanken versunken, dass ich beinahe zu Tode erschrak, als der berühmt-berüchtigte knallrote Audi um die Ecke schoss. Mit qualmenden Reifen blieb er neben mir stehen; er hatte einen ziemlich gehetzten Ausdruck auf seinem Gesicht, seine Augen waren dunkel, als er das Fenster runterließ.

»Steig ein!«

»Hallo erst mal … Schön, dich zu sehen ...«

»STEIG EIN!«

Oh Mist!

Irgendwas war geschehen, ich fühlte eine Welle der Anspannung von ihm auf mich übergehen, stellte mein Rad, ohne mich um das Abschließen zu scheren, an die nächstbeste Wand und sprang ins Auto.

Was war passiert?

Hatte er Proble...

Sobald ich saß, zog er meinen Kopf an sich heran und küsste mich. Wild. Verlangend. Fast schon rasend. Meine Lippen waren sofort geschwollen und mein Atem zu knapp.

»Ich bin so fucking heiß auf dich Baby … Ich weiß nicht mal, ob ich es zum nächsten Parkplatz schaffe ...«, murmelte er in meinen Mund und fasste mir zielsicher zwischen die Beine, rieb mich, machte mich sofort so unsagbar feucht, dass ich nichts anderes tun konnte, als laut zu stöhnen.

»Oh Fuck ...«, fluchte er heiser, wieso auch immer, dann überfiel er wieder meine Lippen und nahm meine Hand. Er drückte sie auf seinen Schritt und wir keuchten beide auf, als mein Lieblingsteil von ihm als Antwort auf meine Berührung zuckte.

»Wichs ihn!« Hektisch öffnete er seine Hose und ich sah mich panisch um. Es regnete jetzt stärker, aber wir standen trotzdem neben dem Gehweg, direkt an der Hauptstraße … wenn jemand nah genug vorbeiging, würde er alles sehen.

»Tristan, wir sind mitten auf der Straße …«

Er holte ihn dennoch heraus und sah mir vor Lust brennend in die Augen.

»Wenn du es nicht machst, tu ich es!«

Ich biss die Zähne zusammen und schob seine Hand sofort weg. Leise lachte er und ließ erleichtert seufzend den Kopf nach hinten fallen, sobald ich *ihn* umfing. Es schien, als wäre er am Verdursten und meine Berührungen sein Wasser.

»Schluck es ...«, nuschelte er bereits nach ein paar Bewegungen von mir.

»Jetzt schon! Tristan …« *du hältst es doch sonst stundenlang aus,* wollte ich schmunzelnd sagen, aber dann verging mir das Lachen »… Oh Scheiße!« Noch im letzten Moment konnte ich mich hinabbeugen und verhindern, dass er seine komplette Hose vollsaute. Ich hatte ihn kaum berührt und er kam schon heftig pochend und pulsierend!

Sobald alles geschluckt war und Tristan ihn wieder in seiner Hose verstaute, wirkte er um einiges entspannter.

»Danke«, meinte er. Dabei grinste er auch noch frech und zog mich dann erneut an sich, um mich sanft zu küssen.

Erst dann fuhr er weiter, auf den besagten Parkplatz und stellte sich dort in die letzte, autoleere Reihe. Nachdem er die Handbremse angezogen hatte, starrte er leer vor sich hin und ich sah ihn stirnrunzelnd von der Seite an, während er grübelte und grübelte und grübelte …

»Du, Tristan? Ich hab heute noch einiges zu tun, also ...«

»Ich habe Eva gerade einen Denkzettel verpasst«, ließ er die Bombe platzen. Ich sah ihn groß an, er warf mir einen kleinen Seitenblick zu. »Yeah. Ich denke, es war wirklich höchste Zeit dafür, hm?«, dann fuhr er sich durch die Haare und schaute weiter nach draußen.

»Es tut mir leid, dass ich dir wegen der Schlampe wehgetan habe, dass du so viel durchmachen musstest. Baby, ehrlich. Du bist der letzte Mensch auf diesem Planeten, dem ich etwas antun könnte … ich bin bescheuert, manchmal, aber Mia … ehrlich ...« Jetzt drehte er sich wieder um und kam zu mir zurück, von diesem düsteren Ort, an dem er die letzten Minuten gewesen war. Er ergriff meinen Nacken, lehnte sich vor, zog meine Stirn an seine und sprach in mein Gesicht. »Wenn dir etwas passiert, dann kann ich mir gleich die Kugel geben … Wenn ich dich jemals verliere ...«

»Shhhhh … Das wirst du nicht … Ich werde immer dein sein ...«

»Ich brauche dich. Richtig … *Bitte* …« Das letzte Wort war nicht mehr als ein Hauchen.

Ich küsste ihn und er keuchte verzweifelt, ging aber voll auf den Kuss ein.

Seine Hand öffnete sofort zielsicher meine Jeans und schlüpfte unter alle Schichten Stoff, die ihn von seinem Paradies trennten. Er stöhnte tief, weil er die Nässe fühlte, als er mich sanft massierte und dann mit zwei Fingern in mich eindrang. Doch in meiner Hose war es zu eng, so deutete ich zumindest sein unzufriedenes Knurren.

Im nächsten Moment löste er sich auch schon von mir.

»Zieh dich aus!« WOAH!

Sein Blick war dunkel, sein Tonfall ließ keine Widerworte zu, genauso wenig wie der raubtierhafte Ausdruck in seinem Gesicht. Ich kam fast davon, ihn so zu sehen und zerrte schnell und umständlich die Hosen meine Beine hinab.

»Ganz Mia.« Die Ungeduld in seiner Stimme war unüberhörbar. Oh, mein heiliger Tristan!

Er zog lediglich die markante Augenbraue hoch, als ich ihn groß ansah.

Doch es gab mir den absoluten Kick, mich vor ihm komplett zu entkleiden, praktisch in der Öffentlichkeit und er mir immer noch voll angezogen verlangend dabei zuschaute.

»Steig aus«, sagte er auch noch, sobald ich nackt war, und fühlte, wie die Heizungsluft über meine aufgestellten Brustwarzen strich, wie das Leder unter mir feucht wurde …

»Tristan! Es regnet!«

Jetzt grinste er – ein wenig … und das böse – so gar nicht beruhigend!

»Ich weiß … raus mit deinem heißen Arsch!«

Ich war verloren … Aber war das ein Wunder?

***

Tristan: räuspert sich und erlangt so die Aufmerksamkeit von Mia und Both. Mit einem selbstzufriedenen Grinsen lehnt er sich zurück und fährt sich demonstrativ durch die Haare.

Mia: *Ja, du Neandertaler. Du bist heiß. Kann ich jetzt weitererzählen?*

Tristan: *Ich geb dir gleich Neandertaler.* Damit stürzt er sich auf sie, ohne Rücksicht auf Both, die erst mal von der Couch fällt.

Both: *Boah. Hallo. Führen wir hier ein Interview oder führen wir hier ein Interview?* Wenigstens Mia hat den Anstand rot zu werden und ihn von sich zu schieben. Tristan schmunzelt nur, bevor sie weitererzählt …

***

Kopflos kletterte ich nach draußen, der Regen war eiskalt und ich fing sofort an zu zittern. Der Parkplatz war menschenleer, zumindest hier, aber ein paar Reihen weiter verstauten Familie ihre Einkäufe, lachten, sprachen, konnten uns vielleicht sehen …

Tristan war es allerdings absolut egal. Sobald er an meine Seite trat, ergriff er mit beiden Händen mein Gesicht und küsste mich – ließ mich alles andere vergessen. Ich schmiegte mich an seinen warmen, großen Körper, der den Regen etwas von mir abhielt, während er mich rückwärts schob, bis ich den kühlen Lack der Motorhaube an meinem Hintern fühlte. Er hob mich hoch und rieb sich zwischen meinen Beinen, wie nur er es konnte. Saugte mein Stöhnen in sich auf und öffnete seine Hose.

Dann ergriff er mein Knie, spreizte mich; mit der anderen hielt er immer noch mein Gesicht am Kiefer und fickte mit der Zunge meinen Mund, bevor er mit einem Stoß in mich eindrang, der mich aufschreien ließ.

»Oh oh ...« Als er merkte, dass ich bereits fast soweit war zu kommen, zog er sich wieder ruckartig zurück, um spöttisch auf mich herab zu grinsen.

»So geil, Miss Angel?«

»Halt die Klappe und fick mich!«, nuschelte ich errötend, versteckte mein Gesicht an seiner Brust, und hörte, wie er leise lachte und dann, wie seine Faust meinen Kopf an den Haaren zurückzog.

Er fing meinen Blick und ließ ihn nicht wieder los, auch nicht, als er diesmal laaaaaaaaaaaangsaaaaaaaaaaaaaaaam in mich eindrang und jede Gefühlsregung genauestens in sich aufsaugte.

»Nicht kommen«, wisperte er warnend und fickte mich genüsslich, während der Regen sein Haar genauso durchnässte wie meinen gesamten Körper.

Allerdings war mir nicht kalt.

Oh nein …

Ich kniff die Augen zusammen … spürte, wie sich meine Muskeln schon wieder zusammenzogen. »Tristan ...«, keuchte ich hilflos … »Wenn du so langsam machst … ahhh … dann … fühle ich dich so ... oh Gott … NICHT SO!« Er hatte böse grinsend auch noch seine Hüften ein wenig gedreht, sodass er *genau* diesen einen Punkt traf.

»Was sagst du, Baby?«, fragte er unschuldig und strich mit seiner prallen Eichel immer und immer und immer wieder über meinen G-Punkt.

»Ich komme gleich!« Hilflos ließ ich mich nach hinten fallen.

»Würde ich dir nicht raten.« WOAH! Wie konnte der Arsch nur so verdammt ruhig klingen, während ich innerlich Amok lief? Meine Hände tasteten leise quietschend über die warme Motorhaube, suchten Halt, den sie nicht fanden.

Ach doch … da war was.

»Lass den Scheibenwischer los!«

»Oops … Ahhhh … Gooooootl!« Ich kam jede Sekunde, jeden Moment …

Und Tristan hörte auf, sich zu bewegen.

»HEEEY!« Wütend starrte ich ihn an, sah kaum etwas, weil die Tropfen in meinen Wimpern hingen, erkannte dennoch, wie er hier vor mir stand. Ein Traum von einem Mann … nass, dunkel, erregt und mit schief gelegtem Kopf.

»Fucking perfekt ...«, murmelte er und sah sich genau an, wie ich im mittlerweile strömenden Regen komplett nackt und willig auf der Motorhaube seines Babys Nummer 2 lag und vor Lust weder ein noch aus wusste.

Fast schon nebenbei tat er etwas, was mich sofort zum Explodieren brachte und was ich kaum glauben konnte.

Er.

Schnippte.

Gegen.

Meinen.

Kitzler!

Und ergoss sich dann mit einem heftigen Stoß in meinen Körper, während ich über den Parkplatz schrie.

Sehr schnell war ich wieder im Auto. Durchnässt, zitternd und absolut glücklich.

Tristan drehte sofort die Heizung auf, befahl mir, mich anzuziehen, nachdem er mich mit seinem T-Shirt abgetrocknet hatte.

»W … was tun wir jetzt?«, fragte ich, während ich in meine Hosen schlüpfte.

»Wir fahren zu mir.«

»U... und dann?«

Er sah mich an, als wäre ich bescheuert, weil ich diese Frage stellte.

Ich lachte leise und schmiegte mich an ihn.

***

Both: Sitzt mit dämlichem Gesichtsausdruck und glasigen Augen da … Es dauert einige Zeit, bis sie wieder ins Hier und Jetzt findet und sich räuspert: *Und das wars, meine lieben Liebenden … Ich hoffe, die Special-Kapitel haben euch gefallen *zwinker* … Jetzt kommen erst mal ein paar Kapitel aus Immer wieder Verführung … und dann noch ein alleiniges Interview mit Tristan, gell?* Aber die beiden neben ihr beachten sie schon nicht mehr, weil sie sich wild knutschend auf der Couch breitmachen …

Augen rollend packt Bethy ihre Sachen zusammen und lässt dem glücklichen Paar ihre fickrige Fickzeit ;)

Babels löchert Tristan Wrangler

Dieses Interview wurde nach dem Ende von ›Immer wieder samstags – reloaded‹ geführt.

Babels stürmt das Wohnzimmer unserer Festung (in welcher der ganze Spaß immer stattfindet):

»Tristan! Ich hab hier Fragen von den Facebook-Mädels an dich!«, und wedelt vor seiner Nase mit ihrem geliebten Tablet rum.

»Das stand so verdammt nochmal nicht im verfickten Drehbuch! Ich muss wirklich wichtige Dinge tun!«

Babels winkt ab. »Ficken kannste später! Jetzt sind die Leser dran!«

»Pah ...«

Bethy schaltet sich ein und schmiegt sich an seinen Arm: »Tristan, du willst doch weiter eine Fickvorlage sein, oder?«

Er sieht sie an, als wäre sie nun endgültig wahnsinnig geworden … »Ähm. Eigentlich nicht … Und du bist zwar meine Erschafferin aber antatschen musst du mich deswegen nicht!«

»Du bist echt fies!«

»Selber Schuld!«

»Bist du ein Mann oder ein Ficker! Jetzt musst du da durch, also halt die Klappe … « Bethy geht nach nebenan in die Küche, womit Tristan und Babels allein zurückbleiben. Sie wird kritisch gemustert … und grinst breit.

»Sitz!« Selbstgefällig zeigt sie auf die gegenüberliegende Couch. Tristan verdreht die Augen, lässt sich aber fallen … und zieht dann voll sein Ding durch: Ein schwarzes Muskelshirt betont seinen athletischen Körper, die Stoffhose hängt locker auf seinen Hüften. Wasser tropft aus dem dunkelbraunen Haar auf seinen frisch geduschten Körper ... Die Arme hinter dem Kopf verschränkt, die Beine weit von sich gestreckt, überkreuzt er die Knöchel und setzt sein gekonntes Fickerlächeln auf …

»Na dann, leg mal los mit deinem Scheiß ...«

Sich unauffällig Luft zuwedelnd, räuspert Babels sich, setzt sich gerade hin und tippt auf ihr Tablet … »Gott, so kann ich nicht arbeiten ...«

Doch Bethys liebliche Stimme dringt an ihr Ohr. »Reiß dich jetzt zusammen, is doch nur Tristan!«

»Nur Tristan, du bist gut, aber okay … Frage Nummer eins: Wann ist dir Mia das erste Mal begegnet und was hast du dir da gedacht?«

Gelangweilt starrt er zur Decke und leiert herunter. »Also begegnet bin ich ihr sicher früher, aber aufgefallen ist sie mir erst so in der dritten oder vierten Klasse … Da ist dieses kleine, dicke Powerpuffgirl von hinten mit ihrem beschissenen Drahtesel so was von in mein geliebtes BMX-Bike reingeschossen … und klammerte sich auch noch an mir fest, wie eine Klette. Die Glupscher, riesengroß hinter dieser Eulenbrille …« Er lacht verhalten, wirkt fast schon etwas verträumt, verzieht dann aber sein Gesicht. »Sie war … absolut zum kotzen!«

»Hat dir schon mal jemand gesagt, dass du ein Arsch bist?«

»Ist das eine Interviewfrage?«

»Nein, dennoch muss ich es mal loswerden! Okay … Nummer zwei: Was ist dein größter Abturner?«

»Mia in der dritten Klasse!« Idiot!

»So, Tristan jetzt reicht´s! Ich weiß, dass du genervt bist, aber reiß dich verdammt noch mal zusammen, sonst ...«

»Okay … verdammter Fuck. Abturner sind: Waldbehaarung, Schlauchtitten, also ich mein solche, die man sich bei Bedarf über die Schulter werfen kann … Kosenamen! Ich hasse es, verdammt nochmal, wenn mir die Schlunzen Kosenamen geben, so wie: Süßer … Ich bin kein verdammtes Bonbon oder ein Lolly, an dem man lutschen kann! Oder Schatz! Bärchen und ...«

»Okay, okay, okay ich schätze du hast deinen Standpunkt klargemacht! Jetzt kommt eine Frage, die mich auch besonders interessiert: Trägst du lieber enge oder weite Shorts?«

»Was für Shorts?«

Babels macht nebenbei ein paar beruhigende Atemübungen … und tippt auf ihrem Tablet rum … »Damit fallen einige Fragen weg … Okay, an welchem Ort, an dem du noch keinen Sex hattest, würdest du gerne welchen haben?«

»Auf einer Bühne ...«

Babels Augen werden groß …

»Yeah und *Sex on two legs* spielen einen ihrer legendären Songs ...«

Eine Stimme aus einem der anderen Zimmer ruft: »Wäh, Alter! Never ever! Das ist mein Part!«

Tristan zuckt die Schultern und zündet sich ne Kippe an, stutzt, stöhnt und bietet Babels notgedrungen auch eine an. Während sie einträchtig qualmen kommt die nächste Frage.

»Was würdest du dir wünschen, wenn du einen Wunsch freihättest?«

Tristan schließt seine berühmt berüchtigten Lippen um den Filter, zieht und lässt den Rauch langsam entweichen … »Dass alle mehr auf sich selbst und nicht auf andere hören.«

»Das hast du sehr schön gesagt ...«, haucht Babels und ihr Blick verliert sich in der Ferne ...

»Geil, nicht wahr?«, grinst er und mustert sie dann besorgt. »Alles klar?«

Babels zuckt zusammen, blinzelt einige Male und setzt sich dann betont forsch auf. »Okay … nächster Punkt. Zu welcher Tageszeit hast du am liebsten Sex und warum? Ich weiß, die Frage ist eigentlich überflüssig, aber ich will sie trotzdem gestellt haben.«

»24 Stunden, weil mein Ficker nie ruht.«

Babels räuspert sich … und atmet tief durch … »Hast du dir Eva noch als Ass im Ärmel aufgehoben, um Mia den ultimativen Todesstoß zu verpassen?«

Tristan grinst spöttisch. »No Comment.«

»Oh mein Gott!« Ihre Augen drohen aus den Höhlen zu treten. »Du weißt schon, dass ich TEAM MIA bin?«

»Du hörst ja nicht auf, es mir unter die Nase zu reiben …«, erwidert er schulterzuckend und kein bisschen beeindruckt. »Wie könnt ich das vergessen?«

»Du bist unbelehrbar Tristan Wrangler …« Damit nimmt sie einen tiefen Zug von ihrer Zigarette, schielt etwas entnervt auf ihre zitternden Finger und konzentriert sich auf ihre Interview-Fragen-Facebookliste: »Jetzt … kommen Fragen, die nicht so lustig sind …

Hat deine Familie dich während der Zeit im Gefängnis unterstützt?«

»No Comment.« Die Miene könnte nicht eisiger sein.

»Woah, willst du mich verarschen!«

Bethy ruft aus der Küche: »Ich hab ihm verboten, Fragen über Immer wieder Verführung zu beantworten!«

»Na, danke für die Info!« Ziemlich aggressiv tippt Babels herum, von Fingerzittern kann keine Rede mehr sein … während Tristan sich selbstgefällig vorbeugt und die Kippe ausdrückt. »Tja, sie ist der Boss ...«

Babels ist am hyperventilieren, rot angelaufen und wird bald an einem Herzinfarkt sterben. Wortlos wird ihr von Bethy eine Tasse Kaffee, wie sie ihn mag, gereicht und der Kopf getätschelt … »Mach weiter, Baby ...«

Ein tiefes Durchatmen seitens Babels später ... »Gehst du noch zu eurer Lichtung?«

»Immer wieder ...«, bestätigt er ohne nennenswerte Betonung.

»Tristan, du hast so ein verdammtes Talent einen erst auf die Palme zu bringen und im nächsten Moment zerfließen zu lassen … Okay, weiter im Text. Die Frage nach der Farbe deiner Unterwäsche hat sich ja erledigt – hautfarben und so … oder transparent ...« Babels kichert und sieht dabei aus wie … MAXIMAL vierzehn … dann aber wird sie todernst: »Also … Ist es schwer immer gegen dein Herz anzukämpfen?«

Tristan überlegt einige Sekunden und als er antwortet, klingt er ausnehmend kühl: »Wenn man kein Herz hat, ist es kein Problem.«

»Scheiße ...« Babels versucht sich zusammenzureißen, aber sie schafft es nicht. Ihre Augen werden feucht … »Bethy! Wie kannst du ihm das nur antun, du blöde Kuh?«

»Baby, du führst hier kein Interview mit mir, sondern mit ihm! Außerdem ist er hart im Nehmen!«

»Das sehe ich! Bring mir Taschentücher ...«

In dem Moment schiebt sich von hinten eine Hand in ihr Blickfeld, eine andere legt sich auf ihre Schulter und drückt sie beruhigend. »Babe, du brauchst nicht wegen dem Spinner zu heulen … Kennst doch Don, die kriegt das wieder hin … Egal wie schlimm es aussieht ...«

Babels schnieft in die Taschentücher. »Ja ich weiß, aber sie quält die beiden immer so! Ich kann das nicht ertragen!«

»Mach weiter jetzt!« Bethy wird langsam ungeduldig.

»Ja Mann, okay, wenn du mir jetzt eine Zahl nennst, dann muss ich dich leider töten! Sorry, liebe Leser … Wie viele Frauen hattest du seit Mia und schau mich dabei gefälligst an!?« Um das Ganze zu unterstreichen, deutet sie mit Zeige- und Mittelfinger auf ihre Augen – was ziemlich gefährlich anmutet, aber sie sticht sich nicht versehentlich die verheulten Glupscher aus.

Glück gehabt!

Tristan grinst lässig und legt den Arm über die Lehne hinter sich. »No Comment.«

»Boah, ich hasse dich!«, bricht es aus Babels heraus.

Gleichmütig zuckt er mit den Schultern.

»Was ist deine Lieblingssüßigkeit.«

»Pussys.«

Einmal Grimassenziehen seitens Babels später … »Warum wusste ich das schon vorher? Okay, hast du Mias Bild von der Lichtung nach dem Knast aufbewahrt und wenn ja, was verbindest du damit?«

»Ja, habe ich. Es erinnert mich jeden Tag daran, was für eine verlogene Schlampe sie ist.« Das kommt mit einem kühlen Lächeln, und Babels kommt der Dampf aus den Ohren, doch sie beherrscht sich – schwer.

»Wir wissen ja alle, dass du gerne Arschcreme benutzt. Was ist dein Lieblingsduft, außer Mia natürlich? So Parfum-Technisch?«

»Boss ...«

Babels lacht … »Jetzt eine Frage, die ich extra für unsere Leser stelle: Wo wohnst du jetzt? Kann man deine Telefonnummer googeln?«

»Glaubst du, ich bin lebensmüde?« Das kommt ehrlich neugierig.

»Bist du Mias Vater nochmal begegnet, wenn ja, wie sah er danach aus?«

»No comment ...«

»Dieser Kerl macht mich noch krank ...«, murmelt Babels, bevor sie wieder aufsieht. »Hast du beim Sex mit anderen Frauen jemals an Mia gedacht?«

»Wenn ich diese Frage vorher nicht beantwortet habe, werde ich sie auch nicht beantworten, wenn du sie anders stellst.« Sein Lächeln ist zwar etwas herablassend, aber echt freundlich.

»Scheiße! ... Wie hast du das Gefängnis erlebt?«

»Hinter Gittern.«

»Na Gottseidank war´s kein Elektrozaun ... Gibt es einen triftigen Grund jemals KEINEN Sex zu haben, wenn ja welchen?«

»Ja, gibt es und no comment ...«

»Glaubst du wirklich aus tiefstem Herzen, dass Mia dich so verraten könnte?«

»Glaubst du an den lieben Gott?!«

»Ja, Tristan! Es gibt auch gläubige Menschen ...«, erwidert Babels leicht schnippisch, was ihr einen drohenden Blick einbringt. »Wie hast du die Zeit im Gefängnis überstanden?«

»Mit meiner Grunddevise: Sich nie zu bücken ... Außerdem habe ich die Zeit genutzt, um mir über so einiges klar zu werden ...«

Mitleidig nickt sie. »Hat deine Familie zu dir gehalten?«

»Siehe oben.«

»Mann, du nervst! Wieso hast du in eurer letzten Nacht nicht gefragt, was mit Mia los war, obwohl du gemerkt hast, dass etwas nicht stimmt?«

»Sie hat mich abgelenkt, aber es hätte sowieso nichts geändert!«

»Wann hast du Mia eigentlich das erste Mal RICHTIG gesehen ...«

Tristan verzieht sein Gesicht. »Das war wohl, als sie in der Schuldusche vor mir gekniet und mir einen geblasen hat … Ich habe sie so oft so gedemütigt und trotzdem war da dieser eine Blick ... Sie hat mich immer wie ihren persönlichen Helden angesehen, und in dem Moment fiel mir auf, dass ich das wirklich gerne gewesen wäre … Sie war einfach mein verdammtes Mädchen … Aber vielleicht traf das schon viel früher zu, nach der Party … als sie das erste Mal in meinem Bett lag ...«

»Und wie kannst du glauben, dass Mia – *dein Mädchen* – jemals dazu fähig wäre, dir so eine Scheiße absichtlich anzutun, obwohl du es eigentlich besser wissen müsstest?«

Wieder umschifft er elegant die Falle. »Die Tatsachen sprechen für sich.« Kein Zweifel erscheint auf dem attraktiven Gesicht.

»Was würdest du tun, wenn du erfährst, dass Mia dein Kind

geboren und zur Adoption freigegeben hat?«

Flüchtig erstarrt er, seine Augen verengen sich und es hat den Eindruck, als wollte er sich auf Babels stürzen …

»Ich würde sie umbringen …«, knurrt er lauernd: »Wisst ihr mehr als ich?«

»Ach, wenn du so fragst: ja …«, zwitschert Babels und grinst. »Also lockern wir mal die Runde nach der mörderischen Stimmung ein wenig auf. Weitere Frage einer Leserin: Hast du Lust auf ein Date?«

»Seh ich so aus?« Wirklich entspannt ist er noch nicht, seine Stirn liegt in unzähligen Falten ...

»Wenn ich diese Frage ehrlich beantworten würde, würden sie uns die Tür einrennen …«

»Na, dem Scheißer sei Dank, hab ich nicht verraten wo wir wohnen!«

»Wenn du ein wirklicher Superheld sein könntest? Welche Kräfte hättest du dann gerne?«

»Ich würde Orgasmic heißen und die Kräfte sind klar! Röntgenblick wär nicht schlecht … Vielleicht noch nen zweiten Schwanz und der hat Noppen … obwohl neeee, lieber nicht … der eine macht mir manchmal schon genug Probleme!« Er grinst – Gott sei Dank! Babels hat mental schon Fluchtpläne geschmiedet ...

»Bei welchem historischen Ereignis wärst du gern dabei gewesen?«

»Woodstock, freies Ficken für alle ...«

»Ähm … was für eine Schuhgröße hast du eigentlich, Tristan?«

Tristan grinst dreckig. »46 ...«

»Oh … okay, wenn wir schon mal dabei sind … muss ich einfach fragen. Wie groß ist *er*?«

»Soll ich ihn dir zeigen?!«, bietet er gleichmütig an und fingert schon mal an seiner Hose rum.

»Ach du Scheiße!«, haucht Babels, die Augen riesig ...

Tristan zieht einfach so den Bund seiner Jogginghose runter und Babels fällt fast von der Couch … Die nächsten fünf Minuten hört man nur Gejapse und »Oh mein Gott ...« und noch mehr Gejapse … Irgendwann hat Babels dann wieder eine normale Färbung angenommen und kann weitermachen ...

»Okay … okayhay … ohhhhhhhhhhhhhhkay! Was isst du am liebsten? Was liest du am liebsten? Was hörst du am liebsten?«

»Steak. Playboy. Musik.«

»Spinner …«, rügt sie ihn liebevoll und Tristan verdreht die Augen. »Glaubst du, dass dir deine Rache an Mia wirklich weiterhelfen wird?«

Tristans Augen funkeln … »Auf jeden fucking Fall ...«

Bethy kommt erneut aus der Küche und lässt sich neben Babels auf die Couch plumpsen.

»Und wie läuft´s so?«

»Ich glaube, wir haben alle Fragen abgearbeitet«, berichtet Babels. »Der werte Herr hat größtenteils kooperiert …« und an Tristan gewandt: »Aber eine Letzte habe ich noch, und bitte sei ehrlich, denn sie ist für uns Leser von höchster Bedeutung: Ist Mia noch in deinem Herzen?«

Tristan atmet tief durch, bevor er sich zurücklehnt und aus dem Fenster sieht: »Sie war nie weg.« Umgehend steht er auf und verlässt das Zimmer ...

Und Babels hyperventiliert wieder …

Kleine Danksagung

Danke an alle, die sich bei Facebook so rege beteiligen! Ich hoffe, einige Fragen konnten beantwortet werden! Aber die wichtigsten Antworten gibt es erst, wenn ›Immer wieder Verführung‹ erscheint! Ich bin schon gespannt wie ein Schnitzelbogen (Anmerkung: was zum Fuck ist denn ein Schnitzelbogen? Hast du das Wort erfunden? Ne Mischung aus »gespannt wie Schnitzel« und »gespannt wie Flitzebogen« oder wie??? Lol Yeah! Genau Caro-Baby), wie dieses Special ankommen wird. Bei Gefallen, kann es dies gerne öfter geben!

Danke an alle, die mir geholfen haben, diese Überraschung auf die Beine zu stellen! Also natürlich, Anke, Bella, Babels, Emma und Caro! Mein Dreamteam! <3

Es gibt eigentlich nicht mehr viel zu sagen! Außer ich erwarte gespannt eure Rezensionen!

Eure Don Both!

18086279R00089

Printed in Great Britain
by Amazon